禁断のインノチェンティ

薫風のフィレンツェ

榛名しおり

white heart

講談社X文庫

天使の羽を持つ
メディチ家の妖精
ジュリオ
ルネサンスを代表する
若き天才・ミケル

豪華王・ロレンツォ
レオナルド
石工・ルチアーノ
リフィア

イラストレーション／池上《いけがみ》沙京《さきょう》

禁断のインノチェンティ

一

この日——。

伯父《おじ》ロレンツォが、朝から湯治《とうじ》に出かけるという。

だが、例によって行き先をあいまいにはぐらかしたので、ジュリオはぴんときた。

(さては、ミケルのいるところだな)

何日か前に出かけて以来、ミケルはずっとメディチ宮に帰ってきていない。

どうやら湯治場に逗留《とうりゅう》しながら、『階段の聖母子』のモデルにした女性を、せっせと描《か》き続けているのに違いない。

だが、どこの湯治場なのかは、悔しいことに、誰も教えてくれない。

(なんでだよ)

そこでジュリオは、その日受ける予定の高名な家庭教師先生がたの講義を、すべてすっぽかすことに決めた。メディチ宮を抜け出て、フィレンツェを囲む城壁をくぐり出て、ロレンツォの乗った馬車を、どこまでもつけるのだ。

じつは、尾行して、ロレンツォの行き先——ミケルの居場所を確かめようとするのは、これが三度目である。

(今日こそは、失敗しないぞ)

ジュリオは、ぐっと意気込んだ。彼はまだ十二歳だが、フィレンツェの青年貴族の中でも、ずばぬけて乗馬がうまい。騎馬槍試合《きばやりじあい》の花形主役を堂々とつとめて市民の喝采《かっさい》をあびた亡き父ジュリアーノ譲《ゆず》りだろう。

だが、ロレンツォの馬車は、しばらく前に襲撃《しゅうげき》を受けて以来、背後のようすにひどく敏感になっている。尾行している影に気づくやいなや、護衛についている騎馬兵が、ジュリオめざして猛然《もうぜん》と引き返してくる。いちいち彼らをまいたりしているうちに、ロレンツォの馬車を見失ってしまうのだ。

護衛兵に見つからないよう、そしてロレンツォの馬車を見失わないよう、慎重に、つかずはなれずに馬を走らせて、ほぼ半日。

延々と続く田舎道《いなかみち》を走っていたロレンツォの馬車が、ようやく、街道に面した小さなはね橋を渡って、とある塀《へい》の中に入って消えた。

すぐに橋は引き上げられた。

どうやらやっと目的地に到着したらしい。

だが、麦畑のまっただなかである。ジュリオはしきりに首をかしげた。

かな)
(湯治場《とうじば》だって言ってたのに、やけにのどかな農村だな。こんなところにミケルはいるの

街道にそって流れている小川には、簡単なはね橋もかけられているし、ぐるりと塀《へい》をめぐらせて外敵にそなえてはいるが、メディチ家が郊外にかまえる別邸としては、かなりこぢんまりとしている。

ちょっと街道を進んだ場所からは、塀の奥にたっている居心地《いごこち》の良さそうな田舎風《いなかふう》の建物がよく見えた。かなりの年代物だ。家の古めかしさにくらべて、はね橋や塀のつくりが真新しく頑丈《がんじょう》なところを見ると、どうやらここら一帯の地主の建物かなにかだったのを、最近ロレンツォが買い取って、はね橋や塀をつけさせたのかもしれない。

だが、どこからどう見ても、ただの田舎家である。

(おかしいな)

ジュリオは、興ざめし、鼻白んだ。

そこは、想像していたのと、ぜんぜん違う場所だった。きっとミケルは、にぎやかに遠来の客が行き交う湯治場の高級宿に投宿していて、偶然巡り合った美しい貴婦人をモデルに描《か》きながら、意気投合し、しっぽりと過ごしているのだと、勝手に想像していた。

派手に乱入して、さんざん引っかきまわしてやろうと思っていたのに。

どうやら、今回は、ジュリオの思い過ごしだったらしい。

こんな麦畑のまんなかに、あんな女性がいるわけない。

(そうか、きっとあの聖母は、近くの村から奉公に上がってる泥臭《どろくさ》い侍女《じじょ》かなんかを、ミケルが自分勝手に頭の中で、神々《こうごう》しく仕立てあげたのに違いない)

なあんだ、とジュリオは複雑な気持ちになった。

(僕をほったらかしにしておいて、行きずりの美人に惚《ほう》けてたわけじゃないのか)

がっくり気が抜けた。

だが、よくよく考えてみれば、当然ではないか。この天下の美少年ジュリオさまをそばから追い払うほど朴念仁《ぼくねんじん》なミケルが、行きずりの女性なんかにぼうっとなるはずがない。ミケルときたら、こんな田舎《いなか》にひとりこもって、きっと、せっせと創作活動に励んでいるのだ。なんたる偏屈《へんくつ》、なんたる変わり者。

だがその変わり者を追って、はるばるこんなところまで馬を走らせた自分はなんなんだ。ジュリオはつくづくおもしろくなかった。

(こうなったら、ミケルを死ぬほどおどろかしてやる)

さっそく、街道に沿った小川を馬でみごとにとびこえると、森の中で馬を立ち木につなぎ、下草を踏みわけながら、こっそり邸《やしき》の裏手に近づいた。

いたずら好きなジュリオは経験上、よく知っている。えてしてこういう別邸は、街道に面した塀《へい》はいかめしく立派なつくりだが、裏手にまわると、森や畑に面した塀はほころびていたりするものだ。

あるいは、通用口があけっぱなしだったりするとか。

（砦《とりで》かここは）

ロレンツォが滞在しているのだから当然といえば当然だが、それにしても厳重な警戒だった。

忍び入る隙《すき》がない。

それどころか、こうしてうろうろしていると、そのうちどこからか矢がとんできたり、思いもかけない罠《わな》に足を取られそうだった。草木は刈られて隠れる場所もないし、塀《へい》をのぼる足がかりになるようなものもいっさい取り払われて、いかにも警備しやすいようになっている。

結局ぐるりと一周させられた。

最初に想像したよりかなり敷地が広く、ジュリオはすっかりくたびれてしまった。

悔しくてたまらない。

ジュリオは、憤然と街道に戻ってくると、正面のあげられたはね橋にむかって、精一杯こわい声を張り上げた。

「おい！」

ふんぞりかえってなにやらぷりぷり怒っている少年が、なんと、ロレンツォ豪華王《イル・マニフィーコ》の寵愛《ちょうあい》する甥《おい》っ子《こ》ジュリオであることは、メディチ家の用人であればすぐにわかる。はね橋の上の監視部屋は大騒ぎとなり、たちまち鎖の音ががらがらとして、橋がおろされた。

迎えにでてきた顔見知りの護衛官を無視して、ジュリオは中に駆け込んだ。

（ミケルはどこだ？）

自分を見て、ミケルがびっくり仰天《ぎょうてん》する姿を思い描き、元気を取り戻したジュリオは、にこにこしながら、邸《やしき》の中を右に左に走りまわった。

だが、ミケルは見つからない。食堂にも、どこにもいない。

中庭にとびだしたジュリオは、そこに、ようやく素描《そびょう》に夢中になっているミケルを見つけて、足を止めた。

（ミケル）

ますますがっちりしてきた背中いっぱいに春めいた日差しをあびながら、ミケルはデッサンに熱中している。

あんまり嬉《うれ》しかったので、なんて声をかけようか、ジュリオは一瞬迷った。

自分に気づいたミケルは、ちょっとでも笑顔を見せてくれるだろうか。

ミケルの背中の向こうには、モデル——リフィアが、いる。

ジュリオは驚いた。

(あ、この娘《こ》だ)

『階段の聖母子』のモデルであることは、一目瞭然《いちもくりようぜん》だった。だが、どう見ても、そこらの農家の娘ではない。何者であれ、ジュリオにとっては、許しがたい天敵である。

さっそく敵意をこめて、にらみつけようとした。

だが、うまくいかない。完全に腰が砕けている。

(あれ、なんなんだ、この気持ちは)

まるで、かくれんぼをしてさがしていた遊び相手を、ようやく見つけだしたような気持ちだった。


ああ、やっと会えた――


そして、ようやくこうして無事再会できたのだから、話して、伝えたいことが山ほどあるのに、ジュリオには、なにからどう話せばいいのかわからない。この懐《なつ》かしい気持ちを、どうにかして、この初対面の女の子に伝えたい。

リフィアは当然、乱入してきた未知の人物に、驚いている。

「え、誰?」

自分はジュリオ・デ・メディチで、ロレンツォ豪華王《イル・マニフィーコ》の甥《おい》なのだが、そんなことはどうでもいい。

気がつくと、ジュリオは二人のあいだに割って入り、できうる限りしっかりとリフィアを抱きしめていた。


僕たち、もう二度と離れない。

誰も僕たちを引き離すことはできない――


とびあがったのは、ミケルである。

「ジュリオ⁉」

なんてことするんだと、ジュリオの襟首《えりくび》をつかんでリフィアから引き離そうとした。

「なにするんだ、はなせ」

「なにするんだ」

と、ジュリオが腹を立て、つかみあわんばかりに険悪な二人のあいだで、意に反して右に左に翻弄《ほんろう》されるかたちになり、思わずむっとするリフィア――というのが、知らせを聞いて駆けつけてきたロレンツォと、ロレンツォの悪友で今回馬車でいっしょにきたポリツィアーノが、最初に見た構図だった。

「やあ、こじれてるな。みごとな三角関係だ」

手を叩《たた》かんばかりに大喜びしたのは、天才詩人ポリツィアーノ。

自称、恋愛学の権威である。

ロレンツォが青ざめた。

「三角関係？」

「そうさ。だが、ただの三角ではないぞ」

ポリツィアーノは指を一本立てると、古い宗教画の構図でも解釈するかのように、わくわくしながらこの場面をロレンツォに解釈してみせた。

「いいかい？　これはちょっと見た目には、少女リフィアをめぐる単純な三角関係だ。この三角形においては、ミケルのほうに分があるのは明らかだ。ミケルはリフィアの初恋の相手だからね——だがじつは、ジュリオがもともと恋しかったのも、ミケルだ。ミケルが恋しいあまりに、ミケルがいまいちばん大切にしているものに横からちょっかいを出そうとしたジュリオが、逆にリフィアに心を奪われてしまった——かたや、ミケルだって、ジュリオのこの美貌《びぼう》にはやはり尋常じゃない。芸術家魂がうずいて、どうしたって引きよせられてしまうからね。いやはやとにかくこうなると、みんな苦しく切ないところだ。一方通行の恋、すれちがう恋、むくわれぬ恋、禁じられた恋——だが、いいかね若き諸君、これもそれもみんな、四十をすぎれば、すべて美しい思い出になる。そうだろうロレンツォ？　ああ、青春はなんてはかないんだろう。三人とも、いまこのときを、おおいに楽しむことだ。いいね？　わかったね？　せいぜい励みたまえ――私からは、以上だ」

いかにも満足げににっこり微笑《ほほえ》む恋愛学の大家に、三人、二の句が継げない。

ロレンツォはうんざりしている。

「わざと事を複雑にしたがってるな？」

「複雑、結構。複雑な恋ほど、真の思いが試される」

「頼むから、おもしろがらないでくれ」

だが、この時点で、一番腹を立てていたのは、じつはリフィアだった。

怒ると地が出て子どもっぽくなり、それがかえってかわいらしいのだが、いまはそれどころではない。

リフィアが怒っていることにまったく気づかないミケルが、腹立ちまぎれにリフィアを責めた。

「だいたいなんで黙ってるんだよ。おれを投げ飛ばしたときみたいに、思いっきりジュリオを投げ飛ばせばいいじゃないか」

いきなり足払いをかけられたミケルの身体《からだ》は、あっという間もなく宙に浮き、背中からどうと落ちた。

「ミケル！」

泡《あわ》を食ったジュリオが、あわてて介抱しようとするうちに、投げたリフィアは、とっとと自室へと消えている。

　生まれてこのかた、リフィアが自分自身にこれほど腹を立てたことはない。

「いや、見事な足払いだった」

　感心することしきりのポリツィアーノは、ロレンツォに依頼されて、数年前からリフィアに詩の講義をしている。

　リフィアの感性の高さには、一目置いている。が、リフィアという教え子を、つかみきれない。

「リフィアは感受性の鋭い、とてもいい子だ——が、ちょっとまだどこか変わっているな。初恋の相手ミケルを転がして去るってのは、どうだい？　あれじゃあうまい恋愛詩にはならんぞ？」

　ロレンツォは、ため息をついた。

「捨て児養育院《インノチエンティ》みたいなところで、八歳になるまで育ったんだ。親がいる子どもなら見なくてすむものを、しっかりふたつの目で見ながら育った。そのおかげで、感受性がみがかれたわけだが、そのせいで、素直な感情をなかなかまっすぐに出せない。それで、あんなことになってしまうんだろう」

「そうか、ここに引き取られたとき、ちっとも嬉《うれ》しそうじゃなかったのも、そのせいかな？　素直に喜べばいいものを、なかなか我々にうちとけなかっただろう」

「それにはわけがある。リフィアは、二度里親に引き取られ、二度ともうまくいかず、養育院に送り返されたことがあるらしい。賢い子だから、もしここになじんでしまえば、また戻されるときつらいと思ったらしい」

「だから、きれいな衣装にも手をつけず、乗馬服のようなものばかり着てたわけか」

ロレンツォはうなずいた。

「それでもいまは、わたしによくつくしてくれるよ。それに、ここの使用人たちを心配させたくなくて、できるかぎり明るく元気に振る舞ってくれる。本来生まれ持った性格は、やさしいいい子なんだ」

「わかってる」

ポリツィアーノも切なく嘆息した。

「わかってるだけに、この幸せな生活が続くことを、うまくイメージできないのは、かわいそうだなあ。ときどきリフィアの詩が、巫女《みこ》の悲しい預言のように聞こえて、ぞっとするときがあるよ」

（私って、暗い）

と、リフィア自身も、自分の詩を読み直して、びっくりするときがある。

世間に対して、どうしようもなく醒《さ》めているのだ。何ものにも期待していない。ひょっとしたら神様なんかこの世にいないんじゃないか、なんて、つい考えてしまう。

この晴れやかでない性格を、なんとかしたい——と思っていたリフィアの前に、突然あらわれたのが、ミケルだった。

なにを気に入ったのか、リフィアを描《か》きたいという。

そして描きながら、ぽろりと言った。

じゃあ、もうおれの前では無理しなくていい。

どうしようもなくとっつきにくい性格のミケルだが、それでも、いいひとだなあと、リフィアはだんだん思うようになった。

思いがけない優しさを垣間見《かいまみ》せて、よくリフィアを驚かせる。

(ミケルのそばにいたい——ミケルが、好き)

次第にふくらむこの気持ちは、リフィアをとても幸せにしてくれた。ミケルに恋した自分がいとおしく思え、女らしい衣装もすんなり身につけられるようになった。

それが、いったい今日はどうしたことだろう。

「よくもまたみごとに転がしてくれたな」

ミケルが、扉《とびら》にもたれたまま、ぶすっとつぶやいた。

食堂の椅子《いす》に座り込んでいたリフィアは、まだ腹立たしさをおさえられない。

「私、どうしてあのひとを投げ飛ばさなかったんだろう。あんなことされて」

ミケルも見ていた前で——と思うと、リフィアは自分が無性に腹立たしく、そして、悲しかった。

「私、ひょっとしたら、ものすごくふしだらな娘なのかもしれない」

「まさか。なんでそんな」

「だって」

こんな恥ずかしいことは、とてもミケルには言えなかった。ジュリオにすっぽり抱きしめられたとき、びっくりしたけれど、同時になんだかとてもほっとして、嬉《うれ》しかった——なんて。

「私、変だ」

ミケルも困った。

女の子の悩みごとなんて、聞かされるのははじめてだ。

なんて言ってこたえてやればいいんだろう。

「そんなに深く考えなくていいんじゃないか？　なんてったってジュリオはきれいだ。誰だって最初はぽうっとなるよ」

「ぜんぜん関係ない。顔なんか関係ないわ」

いくら相手が美男子だからって、ぽうっとなるようなリフィアではない。

「あのね、インノチェンティでは、きれいな子から順に里親に引き取られていくの」

いきなり捨て児養育院の話をされて、ミケルはうろたえた。どんな顔をして聞けばいいのかわからない。

「え、そうなのか？」

「そうなの。互いの不幸をなぐさめあってたお友だちが、里親になるひとが子どもを見定めにくるとなると、他人を押し分けて前に出て、にこにこ愛嬌《あいきよう》を振りまくの。私、そういうことができなくて、いつまでたっても里親がつかなかった」

リフィアは口をとがらせた。

「きれいなんて、大嫌《だいきら》い」

ミケルはますますうろたえた。

「でも、リフィアだって、きれいだ」

「うそよ、そんなはずない。声だって変だし」

ミケルが巫女《みこ》のようだと感じ、とても大切に思っている低めの声が、当のリフィアにとっては大きなコンプレックスになっていることを、ミケルはこのときはじめて知った。

(印象的なのに――)

女の子とは、なんとも不可解なものである。

ミケルが返事にまごついてもたもたするうちに、リフィアの気持ちはますます高ぶり、自分でも手がつけられなくなってしまった。

「そうよ。だいたい、こんな服着てたから、甘く見られたんだわ。ぴらぴらした服なんか着て、ぼんやり隙《すき》を見せてた私がばかだった。インノチェンティにいたころは、あんなにしっかりしてたのに――」

リフィアは自分を叱《しか》りつけるように頭をぶるりと振ると、いきなり立ち上がった。

「着替えてくる」

ミケルはあわてた。もとの、男服に着替えられてしまったら、絵を描《か》くのにもさしさわる。

（くそ、なんでジュリオは、リフィアにあんなことをしたんだ）

リフィアには、女の服を着ていてほしい。

いや、肝心なのは、服ではないのだ。最初に出会ったリフィアはかっちりした乗馬服かなにかを着て、固い殻《から》をかぶり、傷つくまいと緊張しきっていた。

それが、少しずつミケルに心を許し、いまではたおやかな服を着て、目の覚めるようなかわいい笑顔を見せてくれる。

描いていても、まるで別人を描いているようだ。

（いまのリフィアを、もっと描《か》きたいんだ、いまのリフィアを、失いたくない）

歩き出そうとしていたリフィアの腕をつかんで止めた。

「聞いてくれリフィア」

とは、言ったものの、なにを言って聞かせればいい？

怒ったリフィアは、振り向きもしない。ミケルは腹を据《す》えた。

「悪かったよ」

リフィアは驚いた。

「なんでミケルが謝るのよ」

「なんでって――だって、止めればよかったのに、おれもびっくりして、すぐにジュリオを止められなかったんだ」

立ち止まったリフィアは、背の高いミケルを不思議そうに見上げた。

「だらしない女だと思わなかった？　私が、なんにも抵抗しなかったから」

「それよりなにより、とにかく腹が立ったよ。リフィアがあんな目にあわされて、めちゃくちゃ腹が立った」

リフィアは、ちょっと息をのむようにして、尋ねた。

「どうして？」

どうしてそんなに腹が立ったのか――と、訊《き》かれたら、だってリフィアが好きだからだ、と、白状するしかない。

こんなことが起きるまで、ちっとも考えたことがないのがなんとも間抜けだったが、ミケルにとってリフィアは、いつのまにか特別な存在になっていた。たぶん、異性が好きというのは、こういう気持ちのことをいうのだろう。リフィアが好きだ。誰にはばかることがあるだろう。正直な気持ちを告白することに、ためらいはない。リフィアが好きだ。なるようになれだ。

「この時点で、すでに二人の心は通じあっている」

と、ポリツィアーノは断定した。

成り行きで、ポリツィアーノといっしょに食堂の机の下に隠れることになったロレンツォは、ひざを抱えてぐちぐちとひとりごちた。

「しょせん、同じだ。政略結婚だろうが恋愛結婚だろうが、娘を持つ父親ほど、無力なものはない」

ポリツィアーノは肩を抱いてやった。

「前にも一度忠告したことがあるがな、自分の愛人にするつもりがないかぎり、金輪際《こんりんざい》、女の子を引き取って育てるなんて、つまらないまねはするなよ。インノチェンティに出かけて才色兼備な子をあさるまえに、一言おれに相談するんだ。わかったな？」

ロレンツォは、子どものようなふくれっつらになった。

「で、この二人、これからどうなる」

「心配無用」

ポリツィアーノは晴れやかな笑顔で言った。

「あとは、ごく簡単でかまわないから、心のこもった台詞《せりふ》をいくつかやりとりできれば、二人はめでたく相思相愛になれるさ。ああロレンツォ、恋ってなんて単純明快ですばらしいものなんだろうね。ほら、こんな分厚いテーブルクロスの下でも、春の息吹を感じるじゃないか。我らが聖少女リフィアに幸あれ——もしこれで恋が成就しないようなことがあれば、それは恋の女神のせいじゃない。すべての責任はミケルにある」

「ミケルねえ——」

と、ロレンツォは、ひどく難しい顔になった。

だがまず大丈夫《だいじょうぶ》、とポリツィアーノが太鼓判を押した、そのときだ。

「こんなところにいたの」

と、食堂に飛び込んできたのはジュリオだ。

罪のない笑顔は、どうしたって憎めたものではない。

「くそ」

自然とミケルは、リフィアを背中にかばう形になった。無駄《むだ》な抵抗なのは重々承知だが、ジュリオが発する不思議な光を、なんとかしてリフィアに当てたくない。

「おいジュリオ、なんであんなことした」

「あんなことって？」

「とぼけるな。おれに惚《ほ》れてるからリフィアにちょっかい出したなんて茶番は、恋愛詩人を大喜びさせたって、このおれには通じないからな」

「ミケルが好きだよ」

例によって、なんのてらいも恥じらいもなかった。

「でも、その子も特別なんだ——僕は、その子と結婚したい」

いちばん泡《あわ》を食ったのは、ロレンツォだ。


(ばかだな、みんな)

翌日。

ミケルはかりかりしながら、リフィアをデッサンしはじめた。日課でもあるし、得意のデッサンをすることで、なんとか心の大波を静めたい。

(真《ま》に受けるから、振り回されるんじゃないか)

ジュリオの言うことを、いちいち真に受けて本気にするから、みんなで振り回されることになるのだ。ジュリオを何歳《いくつ》だと思っている。まだ十二だ。十二の男の子が、もし可憐《かれん》な少女にひとめ惚《ぼ》れして求婚したら、周囲の大人としては、どう反応するべきか。

（みんなで腹を抱えて、大笑いしてやればいいんだよ）

なのに、そろいもそろっておたおたし、本気なんかにするから、こっちもつられておおあわてで恋を告白しそうになったり、あっちでは、いい年をしたおじさんが、隠れていた机に頭を思い切りぶつけてたんこぶをつくるはめになる。

「僕と結婚しようよ。ねえ、約束しよう？」

と、ジュリオは、あいかわらず幸福そうな顔で、リフィアに結婚の約束をねだっている。

ミケルはリフィアに注意した。

「おい、本気にするなよ？」

「するはずない」

画板のむこうからは、みごとにさめた返事が返ってきた。

リフィアは、ものすごい勢いで刺繍《ししゅう》針《ばり》を縫《ぬ》いさししている。

どうやら当のリフィアだけは、ジュリオの求婚を真《ま》に受けなかったようだ。心配していたミケルはたじろいだ。

「だって、ほら、その——ジュリオは、きれいだから」

「きれいは、三日見れば飽きる」

と、リフィア。

見飽きるどころか、日を追うごとにますます魅《み》せられ、抜け出せないでいるミケルにとっては、耳の痛い台詞《せりふ》である。

とにかく、今日のリフィアは容赦なかった。昨日、いきなりジュリオにすっぽりと抱かれてしまったことが、よほど悔しかったのだろう。

リフィアは手元の刺繍《ししゅう》から目を上げずに言った。

「だいたいこのひと、なんていうか——子どもっぽい」

「しようがないさ。ジュリオはまだ十二だ」

「十二にしたって、やることもいうことも、子どもっぽすぎる」

「そうかな」

「そうよ。同じ十二歳として、情けない」

ミケルは驚き、すっかり考えを改めなければならなかった。

(リフィアがおれより三つも年下だって?)

やはり、リフィアがいままでなめてきた苦労と、その不思議な声が、リフィアの年齢を錯覚させるのだろう。

くらべてしまえば、確かにジュリオは子どもで、リフィアは大人だ。育った環境がぜんぜん違うとはいえ、なんという落差だろう。ジュリオがひとなみはずれて天真爛漫《てんしんらんまん》なせいもあるが——。

リフィアは怒ったように刺繡《ししゅう》を続けている。

「このひとって、子供っぽいうえに、おしゃべりで、軽薄」

「それはきっと、僕がいつもよりずっと舞い上がってるせいだよ」

ジュリオがうふっと微笑《ほほえ》んだ。

リフィアはジュリオをちらりとにらんだ。

「どうして舞い上がるのよ」

「だって、ほら、楽しいじゃない。君はこんなに素敵で、僕たち初対面なのに、こんなにうまくやれてる」

どこらへんがうまくいってるのだろう。ミケルは聞いていていてはらはらした。

「僕ね」

と、ジュリオはにこにこしながら、リフィアの足元に腰をおろした。

「僕のことを放《ほう》り出《だ》して、ミケルがいつまでたっても戻ってこないのがしゃくだったから、君との仲をぶちこわしてやろうと思って、ここに乗り込んできたんだ。それなのに、君を見たとたん、もう、そんなことどうでもいいやと思ったんだ。すごいだろう？」

「私を見ただけで？」

「そう」

「そんなのおかしい。ぜったいおかしい」

リフィアは耳まで真っ赤になった。

「だって、ミケルはどうしたのよ。あなた、こんなところまで追っかけてくるほど、ミケルのことが、す、好きなんでしょう？」

訊《き》いてはいけないことを訊いてしまったリフィアは針で指先を刺すくらいうろたえ、ミケルもいたたまれずに、しきりに銀筆の尻《しり》で頭をかいた。

ジュリオだけが、涼やかな顔をしている。

「ミケルが好きだよ」

思わず顔を上げたリフィアに、ジュリオは真顔でうなずいてみせた。

「そうさ。ミケルとは、どんなことがあったって、こんな感じで一生つきあっていけるし、もう、こんな感じで一生つきあっていくしかないんだ。もしミケルが女の子を好きになって結婚しようが、僕たちの仲はなにひとつ変わらない。だって、僕たちは男同士だからね。でも、君は違うだろ？　もし他の男と結婚しちゃったら、僕は手も足も出せなくなるじゃないか」

なるほど、筋は通っている。

ジュリオなりに、そこらへんはちゃんと考えてるわけだ。ミケルは変なところでほっと感心させられ、なに感心してる、と、心の中で自分をぽかりと殴《なぐ》りつけた。

（おまえ、リフィアが他の男に求婚されてるんだぞ。いいのか？）

ね？　と、ジュリオはリフィアの顔を真剣にのぞきこんだ。

「だから、結婚の約束をしたいって、ふざけて言ってるわけじゃないんだ。いきなり抱いたりするなんて、無礼だったし、びっくりさせてごめんよ。でも、こんなに女の子を好きだと思ったのは、生まれてはじめてなんだ。どう？　本気で僕との結婚のことを、考えてくれない？」

リフィアは、とうとう刺繡《ししゅう》の手を止めた。止めざるを得ない。

（なんなんだろう、このひと）

だが、憎めない。悪気がないことは、明白である。

はねつけることは、いたって簡単だが、これほど純粋なひとを、軽々しく傷つけていいものだろうか。

リフィアは困った。

そしてミケルは、こんなに困ったリフィアの顔を見たことがない。ちくりと心が痛んだ。

（そりゃ、ジュリオに好きだって言われて、ぼうっとならない女の子はいないよな——ぼうっとならないほうがどうかしている）

結局、返事を待つジュリオに、リフィアはこう言った。

「ねえ、どこまであなたの言うことを真《ま》に受けていいものか、ちょっと考えさせてほし

い」

「もちろんさ」

と、ジュリオは喜んで座り直し、あらためてリフィアの顔を見つめなおした。

リフィアはしかたなく、また、ちまちまと刺繍針《ししゅうばり》を動かしはじめた。

だが集中できないせいで、明らかにさっきほど、はかがいかない。

ジュリオがつぶやいた。

「不思議だねえ、ミケル」

「なんだよ」

と、ミケルは腹立たしげに、ジュリオを見た。

ジュリオはあいかわらずうっとりと、リフィアの横顔を見つめている。

「ねえミケル。なんでこんなにひとを好きになれるんだろう――ほら、昔、ミケルが僕に言ったことがあるじゃない」

「なにを」

「ほら、僕って、会う人すべてから愛してもらえなきゃあ、不安になってたじゃない。おぼえてない？　ミケルが最初、僕のことちっともちやほやしてくれないもんだから、すごくやきもきさせられた――でも、いまは、もうそうじゃないんだ。もしもリフィアが、僕を愛してくれたら、たとえリフィア以外のすべての人に憎まれたって、かまわない」

「そりゃ誰の恋愛詩の引用だ。ダンテ？　それともペトラルカ？」

「いまの僕の素直な気持ちだよ」

なんでだろうね、と、恋するジュリオはもう一度かわいく小首をかしげた。

「だってこうしてリフィアのそばにいると、なんだかとっても気持ちいいんだ。この気持ちって、いったいどこからくるんだろうね。だいたい、これっていったいなんなんだろう。ポリツィアーノなんかが大喜びする『恋』とは、ちょっと違うような気がするよ。なんていうか——きっと、リフィアがいるこの別邸が、僕の帰る場所なんだ。『階段の聖母子』を見たときから、ずっと思ってた。リフィア、君って、とっても懐《なつ》かしい気がする——」

突然、リフィアの手が止まり、みるみる悲しそうな表情になった。

ジュリオは動揺した。

「あれ、ごめん、僕、なにかいやなことを言った？」

どうしよう、と、ジュリオはミケルに助けを求めようとしたが、ミケルは急になにやら熱心に描《か》きはじめて、呆《あき》れたことに、目の前にいる二人のようすに、ぜんぜん気づいていない。

とにかくジュリオは謝った。

「ねえリフィア、僕、なにかまずいことを言った？　言ったらごめんよ」

「違うの」

「ならどうしたの。なにがそんなに悲しいのさ」

「悲しくなんかない。私、怒らなければ、もともとこういう顔なのよ」

リフィアは、そのまま、『階段の聖母子』の表情になった。

つらい宿命を予感し、静かに覚悟を決めた、慈母《じぼ》の表情である。

「ごめんね。あなたがふざけてるんじゃないってことは、とってもよくわかったわ。でも、はっきり言って、とっても苦手なタイプなの。私なんかには、まっすぐすぎる」

「僕、まっすぐすぎる？」

「そう。私なんかのことを気に入ってくれたのは嬉《うれ》しいんだけど、いっしょにいるのは無理よ。やめとこう。きっとすぐにどっちかがつらいことになる」

ジュリオは心底がっかりした。

「でも、そばにいたいんだ」

「どうして」

「だって、リフィアのそばにいたいんだ。うるさかったら、もう話さないよ。そばにいていい？」

と、リフィアの顔をのぞきこんだから、さすがのリフィアも心からかわいそうに思った。

もう手に負えない、といった表情で、リフィアはミケルに助けを求めた。

「このひと、ほんとうに変。どうかしてる」

ミケルの反応は、ない。

(あれ?)

ミケルはあいかわらずデッサンに没頭している。

「ミケル?」

反応は、ない。

リフィアとジュリオは思わず顔を見合わせた。

ミケルは、首をちょっとかしげて、一心に紙の上に銀筆を走らせている。

集中している——といってすむような状態ではなかった。もはや感覚がそっくりそのまま別の世界に飛んでいってしまって、ちょっとやそっと声をかけたくらいでは、こっちの世界に戻ってきそうもない。

まるで、彼岸にいるなにものかに、誘われたかのようだった。こんなに気持ちよさそうに集中するミケルを、ジュリオははじめて見る。

(重いはずの銀筆が、羽根のように軽い)

二人はそっと後ろにまわり、ミケルの手元をのぞきこんだ——が、それでもミケルは気がつかない。

紙の上は、まるで定規をあてたかのように正確かつすっきりとした一本の横線によって、みごとに二分されていた。

不安定な画板の上で、銀筆一本で引かれたこの水平線を見ただけでも、ミケルの並々ならぬ才能がわかる。

その直線は、水面をあらわしていた。

水辺に座ったひとりの美少年が、水面に映るもうひとりの美少年——じつは自分の姿に、魅了《みりょう》されている。

銀筆の、ひややかな針先がやわらかく躍《おど》っていた。繊細《せんさい》な繊細な曲線が重ねられ、斜線で丹念《たんねん》に陰影がつけられる。

ギリシア神話に出てくる美少年、ナルキッソスであることは間違いない。

（すごい）

二人は思わず息をのんだ。

おそらく、ものの五分もかかっていない。銀筆ただ一本による、見たこともないほどすばらしい素描《そびょう》だった。いや、単に素描と呼ぶには、あまりにも珠玉《しゅぎょく》の出来映えである。

ボッティチェリあたりがこのジュリオを見たら、よだれをたらすだろう。

（またロレンツォが喜ぶ）

よかった、と、リフィアは思った。ロレンツォの病の身体《からだ》をいやすには、なによりの薬になる。

だが、さすがに複雑な気持ちもあった。ぽつりとつぶやいた。

「ミケルって、ほんとうにすごいんだけど、ちょっとだけ、困りものなのよね」

「わかるよ」

と、ジュリオはうなずいてやった。

いくらミケルが好きなジュリオでも、これでは弁解してあげる余地がない。絵心が誘われたとはいえ、リフィアをデッサンしていたはずが、いつのまにか、リフィアの隣にいたジュリオに気を取られ、そのままジュリオを描《か》くことに熱中してしまうとは。

「ばっかだなあ」

呆《あき》れてしまった。リフィアが落胆するのも無理はないし、描かれたジュリオだって、腹が立つ。

「だいたい、いま僕そんなにナルキッソスだった？　僕いまずっと、リフィアを見てただけだ」

納得がいかない。

ミケルが座っている椅子《いす》の脚を思い切り蹴《け》ってやると、巨匠《きょしょう》はずっこけ、ようやく現実世界にかえってきた。

おい、と、ジュリオは思い切りののしってやった。

「いつ、僕を描いていいって言った」

隣のリフィアは、あきらかにがっかりしている。

「ミケルが描《か》いてたのは、私じゃなかったの？」

「あれ？」

ミケルは、一言もなかった。

（なんでだ？）

紙の上には、ジュリオがいる。

なかなかいい出来ではないか。

だが、できることなら、覆《おお》い隠《かく》したかった。いい出来だからこそ、覆い隠したい。

（おっかしいな、なんでジュリオがこんなところにいるんだよ）

もちろん、銀筆で描いたものを、ごしごしと消すこともできず、あたふたと狼狽《ろうばい》するミケルを見て、ジュリオはやはり助け船を出してやりたくなった。しようがない。惚《ほ》れた弱味だ。

「ごめんよリフィア。ミケルはね、ずいぶん前から苦労してるんだ。なんだってさらさら描けるくせに、僕のことだけ、納得いくように描けなくて」

おかげでジュリオは、レオナルドのモデルをつとめる羽目になったのだ。そもそもあれが、レオナルドとの因縁の始まりだった。

「そうなの」

と、リフィアは言ったが、理解するどころか、ますます複雑な気持ちがした。

「なんで描《か》けないの？」

正面切ってのこの質問に、ミケルはひどくたじろいだ。

「なんでって――」

返答できない。ジュリオを納得いくように描けないことは、ミケルにとっても不可解だったからだ。

するとリフィアは、また素描《そびょう》の中のジュリオに目を落としながら言った。

「ねえ、なんだか私、いま、切っても切れない仲の二人のあいだに、とっても不自然な形でぶらさげられてるようで、みょうに落ち着かないの。これって、気のせい？」

気のせいでないとすれば、どうしてだろう。

「ミケルって本当は、ジュリオのことが好きなんじゃないの？」

ずばり問いつめられたミケルは、情けないほど動揺した。

「あれ、やっぱりそうなの？」

と、ジュリオが嬉《うれ》しそうに目を輝かせて、ミケルの顔をのぞきこんだから、ますますたまらない。

「ねえ、そうだったのミケル？」

「ちょっと待ってくれ」

この一方的な流れを止めたくて、ミケルはいったん会話を強引に断ち切った。

だが、この二人には、とても太刀打《たちう》ちできない。しどろもどろでなにか混ぜっ返したら、ますます泥沼にはまる——と思いながら、なんとか切り返そうと、ミケルはしどろもどろになりかけた。

するとリフィアがさえぎった。

「もういい」

自分とリフィアの先行きが危ぶまれ、ミケルは泣きたかった。

「なにがいいんだよ」

「だって、たぶんミケルには、この状況は複雑すぎる。このままぽんぽんやりとりしたら、ますます変なことになる」

と、例の醒《さ》めた口調で預言したリフィアは、ジュリオに言った。

「ちょっとミケルをひとりにしておいてあげましょう」

ミケルのしどろもどろの反論にも、ちょっと興味があったジュリオだったが、すぐに、わかった、とうなずいた。

「じゃあ、そこらへんを案内してくれる？」

「いいけど——ひょっとしてまた私を口説《くど》く気？」

うん、と元気よくうなずいたジュリオに、リフィアは苦笑した。

「懲りないなあ」

「懲《こ》りるもんか。だって僕はリフィアと結婚するんだ」

なごやかな雰囲気で二人が出ていったあとには、縫《ぬ》い手《て》に放《ほう》り出《だ》された刺繍布《ししゅうぬの》と、未完にするにはあまりにも惜しいデッサンと、そして、銀筆を握りしめた巨匠《きょしょう》ミケルだけが、むなしくとり残された。

（おればばかか？）

ミケルは、ふくれっつらで絵をながめた。

ひとり残され、いったいなにを熟考しろというのだろう。こうしている間にも、ジュリオはリフィアを口説《くど》いているに違いない。

紙の上にだって、リフィアをうっとりと見つめるジュリオ。

ああ、なんでここにジュリオがいるんだろう。いくら考えても、ミケルには手に余る難問だった。詩人だったら、恋しい女性こそを詩にするはずだ。なのに、なんでここにいるのがリフィアではなく、ジュリオなんだろう。

ミケルは銀筆を握ったまま、しばらく悩んでみたが、すぐに投げ出した。

（なんてややこしい――もういい、恋なんて、もうたくさんだ）

通用門から一歩出ると、麦畑が広がっている。

あぜ道をあてもなく散策しながら、リフィアは目にとまった野花を摘《つ》んでは蜜《みつ》をなめ、投げ捨てては、ちょっとだけ愚痴《ぐち》った。

「もう、やんなっちゃうな。ミケルを好きだなんて、やめようかな」

ジュリオは心配げに首をかしげた。

「でも、いいやつだよ？」

しゃくだが、リフィアもうなずいた。

「そうなのよね。ちょっと問題はあるけど——困っちゃったな」

「ミケルは絵筆を持つと人間が変わるんだよ。怒らないでやってよ」

可笑《おか》しく思ったリフィアは、うふっと肩をすくめた。

「あれ？　私とミケルの仲がうまくいくほうがいいの？」

「違う。あんなことくらいで、ミケルを誤解されたくないんだ。だって、ミケルの本当のよさをわかってくれる女の子なんて、そうはいないもの」

「まず、いないでしょうね」

「怒ってない？」

リフィアは笑い出した。なかば、自分に呆《あき》れている。

「うん。もう怒ってなんかない。ミケルの唐変木《とうへんぼく》加減にも、いつのまにか慣れちゃったみたい」

　ジュリオは目の覚めるような笑顔になった。

「僕、リフィアのことを、ますます好きになったよ。あんなミケルのことが好きだなんて、僕たち、まるで秘密結社の同志みたいだね」

　片目をつぶったジュリオに、リフィアは思わずぼんやり思った。

（このひとって、ひょっとして、本当に天使さまなんじゃないだろうか）

　ミケルの本名はミケランジェロ——つまり、大天使ミカエルだが、当のミケルは、天使のイメージからはほど遠い朴念仁《ぼくねんじん》である。

　それにくらべて、このジュリオはどうだ。きれいなことももちろんだが、その感情の、なんと純真無垢《むく》なことだろう。リフィアは惚《ほ》れ惚《ぼ》れした。

（ちょっと子どもっぽいのは、このせいなんだ。私と違って、ちっとも世間にすれてない。いいひとだなあ）

　むこうから、男が三人こちらにやってくる。

　ジュリオはぎょっとした。のどかな丘陵のむこうから唐突に現れた三人の男は、あきらかに、地元の農民ではない。見上げるようながっしりした体格をした、外国——おそらくは東方のムーア人（イスラム教徒）で、中のひとりが、肩になにか担《かつ》いでいる。

　ジュリオは思わず立ち止まった。

（なんだあれ――楽器？）

近づいて、ようやくわかった。めったにお目にかかれない、最新式の火縄銃《ひなわじゅう》である。

驚いたジュリオは思わず立ち止まりかけたが、逆にリフィアは、嬉《うれ》しそうにぴょんぴょんと駆け寄っていった。

「わ、できたの？」

へえ、と頭を下げたまま、ろくにあいさつもせず、屈強の男たちはすれ違っていった。見ようによっては、子どものようにぷいっとすねたようにも見えた。

ジュリオは、目をぱちくりさせた。まだ胸がどきどきしている。

「館《やかた》の護衛？」

「うん、まあ、そんなところかな」

「いつもあんなすごいもの担《かつ》いで見回ってるの？」

「違うの。この先の鍛冶《かじ》小屋でつくってたのがやっとできたんで、これからロレンツォに見せにいくんじゃないかしら」

「鉄砲を、つくってるの？　この先で？」

「ええ。館の近くで試し撃ちすると鷹《たか》たちがびっくりするから、館からは離れているの」

リフィアが細い指先で指さした先の空に、うっすらと煙が立ち昇っていた。建物は丘の陰になって見えないが、どうやらあそこらへんに鍛冶小屋があるらしい。

それにしても、フィレンツェの鍛冶《かじ》職人とは似ても似つかない男たちだった。

どうやら秘密の匂《にお》いがする。ジュリオはむずかしい顔になった。

（ロレンツォったら、またなにか企《たく》らんでるな）

「なんだか無愛想なやつらだったな。ことばがわからないの？」

「いいえ、みんな楽しいおしゃべりなんだけど、最近腹を立てて、ちょっとむくれてるのよ。私がこんな格好して、ミケルのモデルばっかりしてるものだから」

困ったようにこぼしながら、リフィアの指が、また無意識に花を摘《つま》んで、蜜《みつ》をなめる。

「それ、おいしい？」

「え？　あ、これ？」

リフィアは笑い出した。

「くせなの。この花を見つけると、つい摘《つ》んでなめちゃう」

リフィアのことならなんでも知っておきたいと思ったジュリオは、まねをして、シロツメクサの花を口に入れてみた。が、都会っ子の悲しさ、すぐに変な顔になった。リフィアは思わず笑いだした。

「普段甘いものを食べてるとわからないの。私も、昔ほどは甘く感じなくなった」

「昔は甘かった？」

リフィアは笑いながらうなずいた。

「農家に里子に出されたときは、こればっかりなめてた。ひもじくてね。だから春がきてこの花が咲くと、最高に幸せだった」

「そこの子にはならなかったの？」

「本当は男の子がほしい家だったから——でも、なんとか五体満足なうちにインノチェンティに追い返してくれたおかげで、ロレンツォに引き取ってもらえたんだから、文句はいえないよね」

「リフィアって、大変な苦労をしてきたんだね」

「でも、こうして元気に生きてるもの。私なんか、他の友だちにくらべたら、ぜんぜんつらい目にあってない」

　すると、ジュリオが手をつないだ。

　不思議なことに、振り払うような気にはなれなかった。それどころか、とても安心する。もちろん、いやらしさや下心はみじんも感じない。

　ジュリオは、明るく元気づけるように言った。

「大丈夫《だいじょうぶ》。ロレンツォなら、いくらわがままを言っても聞いてくれるさ。君のこと、きっと一生大切にしてくれる。これからは、僕たちといっしょに、なんの心配もなく暮らせるんだ」

　リフィアは大きくうなずいた。

「私きっと、世界でいちばん幸福な孤児よ」

できるものなら、リフィアもずっとこの幸せをかみしめていたかった。このままロレンツォに養育され、教育を受け、彼のいう『理想の女性』とやらに、なれるものなら、なってあげたかった。

だが、その夢も、もはやかないそうにない。

(もうすぐ私は、ロレンツォを失う)

ロレンツォが抱えた病魔は、着実にロレンツォの身体《からだ》をむしばんでいるらしく、鷹狩《たかが》りの回数がめっきり減ったかわりに、湯治《とうじ》の回数がふえた。最近あきらかに痩《や》せたし、痛む関節をリフィアがさすっても、前のように楽にはならないらしい。

亡父ピエロ(通称痛風病みのピエロ)の経過から見ても、せいぜいあと一、二年らしいと、ロレンツォは笑いながら言った。その先のことも、なにも心配することはないとロレンツォは言ってくれる。

はたしてロレンツォを失った自分がどうなるのか、リフィアにはまったくわからない。

だが、とにかくいまは、ロレンツォのために、精一杯つくしてあげたい。

ロレンツォが病身をこの館《やかた》に運び、フィレンツェではけっしてこぼせない泣き言をこぼすたびに受け止め、甲斐《かい》甲斐《がい》しくつくしている。インノチェンティでたくさん経験したので、看病ならお手の物だ。

「私、私みたいななんのとりえもない女の子を、世界一幸せにしてくれたロレンツォのためなら、なんだってすると思う」

「世界一幸せ、か」

手を離したジュリオは、またぶらぶら歩きだした。

「孤児だけど幸せって言ったら、間違いなく、僕のことのような気がしてたのにな」

あ、そうか、と、リフィアはようやく合点がいった。

「ねえわかった。あなた、お姉さんやお母さんがほしくって、おかしなことを言いだしたんでしょう」

「おかしなこと？」

「いきなり私と結婚したいなんて」

ジュリオはぷりぷり怒りだした。

「違うよ。僕がほしいのは、そんなんじゃない。いまさら母親なんて、いらないよ」

へえ、と、リフィアは意外そうな顔になった。

「そう？　私は、お母さんに会いたいけどな」

「会ってどうするのさ」

「甘えて、いいもんなんじゃない？　母親だったら」

「どうやって」

リフィアははたと考えた。

母親に甘えるとは、具体的になにをどうすることなのだろう。リフィアは困った。

「たしかに、よくわからないな。でも、ちょっと会ってみたいと思わない？」

「リフィアって、親に捨てられたんじゃないの？」

ジュリオらしい、まっすぐな疑問である。

あんまりにもあけすけな聞き方だったので、かえってリフィアもさっぱりと答えることができた。

「たぶんそう。でもね、わからないかもしれないでしょう？　だから私ね、いろいろ勝手に想像してるの。じつは私はさらわれた子で、母さんはいまでも私のことを捜していて、ある日突然ここに迎えにくるんじゃないか――」

なあんてね、と、リフィアは肩をすくめた。

「甘いよね」

実際には、捨て児養育院《インノチエンティ》にいる子どものほとんどは、養育に困った実の母親によって、聖水盤《ピラ》のうえに置き捨てられている。

「世の中そんなに甘いはずがない。インノチェンティのシスターにも、よく呆《あき》れられたわ。ひ弱なくせに、よけいな想像力だけたくましいのが、孤児のよくないところだって」

ふうん、と、ジュリオはちょっと複雑な気がした。

親がない子のほうが、想像力がたくましい？

「そうか、だからなのかな。いろいろ考えちゃうのは」

「ジュリオも？」

「ただ、母親じゃなくて、父親だけどね」

「華《はな》のジュリアーノ」

「うん——父と同い年くらいの男といると、いろいろつまんないこと考えるよ」

ふと、ジュリオは口をつぐんだ。

ジュリオを突然黙らせたものが、いったいなんだったのか、リフィアには見当もつかなかった。

またそこにシロツメクサの緑の絨毯《じゅうたん》が広がっていたので、リフィアはひざをついて足元の花を摘《つ》み、ふと笑った。

「変ね。陽気のせいじゃないみたい」

「なにが」

リフィアはジュリオを見上げ、可笑《おか》しそうに言った。

「ねえ、あなたといると、私、よくしゃべるみたい。みんなそう？」

ジュリオは驚いた。

「そんなこと、言われたことないよ」

どっちかというと、みんな口数が少なくなるのは、きっとジュリオの美貌《びぼう》のせいだろう。

ジュリオもその場にひざをついた。

「それでも、まだ僕が苦手？」

「そうね。やっぱり苦手だな」

「まっすぐすぎるから？」

「そうよ」

リフィアは花を摘《つ》みながら、ちょっとまぶしそうに目を伏せた。

「それ、どういうことさ。僕がまっすぐって——よく意味がわからない」

「まっすぐって言ったのはね」

しかたなく、リフィアが緑の絨毯《じゅうたん》の上にそっと腰をおろしたので、ジュリオも隣に座り込んだ。

吹いている風は、湿りけのある黒土のにおいを含んでいる。

いつのまに、こんなところまで歩いて登ってきたのだろう。別邸が、春霞《はるがすみ》にけぶって見えた。

リフィアが、また一輪花を摘んだ。

「きっとあなたって、他人になにか期待して、裏切られたことがないでしょう」

ジュリオは考えた。

「そうだね——ミケルをのぞいては、そう」

「ミケルのことは、いまはちょっとおいといて。話がややこしくなるから」

「わかった」

ジュリオが素直にうなずくと、リフィアはちょっとつらそうな顔になった。

「ほらね、あなたって、本当に純粋で、素敵なひとよ。あなたがにこにこすれば、誰だってあなたの望むことをかなえてあげたくなるわ——みんながあなたを愛するわけが、私にもよくわかる。でもね、どうしても合わない」

「どうして」

「正反対なのよ」

「なにがさ」

リフィアはさすがにちょっと申し訳なく思い、小さなため息をついた。

「私ってね、期待しない人間なの」

ジュリオは目をぱちくりさせた。

「どういうこと？」

「期待しないのよ。しないことに決めたの」

「どうして」

「だって、期待しなければ、誰にも裏切られないじゃない。へたに期待するから、裏切られる」

「裏切られたことがあるの？　いったい誰に」

「誰にって、そんなこと、話してたらきりがない」

「話してよ。話してくれなきゃ、わからないよ」

身を乗り出してきたジュリオに、リフィアは目を伏せ、しんみりとつぶやいた。

「そうだなあ——病気の友だちを、連れていかないでくださいって神様にお祈りしたのに、結局、目の前で死なれてしまったり、いくらいい子にしてたって、シスターはむちで手をぶつのをやめないし、一生懸命働くから、どうかずっと奉公させてくださいっておかみさんにすがってお願いしたのに、結局、インノチェンティに追い返されたり——もっと聞きたい？」

ごく最近では、ロレンツォのそばにこのままずっといさせてくださいと、性懲《しょうこ》りもなく、また神様にお祈りしたのだった。

だが、ロレンツォは不治の病にかかっていて、おそらくは、一、二年の余命だという。

リフィアは、またもや期待を裏切られた。

「だからきっぱり決めたの。もう、あれこれ期待するのはやめようって。へたに期待するから、裏切られたとき、ますますつらいし、期待をかなえてくれなかったひとを、恨《うら》んだりしてしまう。そんなのいやだもの。期待なんて、いっさいしないほうがいい」

「でも、お母さんが迎えにくるのを、待ってるんだろ？」

「まさか」

リフィアはにこにこ笑いながら首を横に振った。

「期待じゃないの。たまにそんな夢をみて、しんみりしたくなるときがあるだけ。ほんとうに迎えにくるはずないじゃない」

リフィアはぽいと花を投げた。

「だからいまはもう、誰にもなんにも期待しない。期待してもしなくても、結局、なるようにしかならない」

「僕は、リフィアを裏切ったりしないよ。ぜったいそんなことにはならない」

「あなたがいくらそのつもりでいても、いつなにがどうなるか、わからないもの」

「わからなくったって、いまはこんなにリフィアのことが好きだ」

「いいえ、こんなすれっからしの私と、あなたのように純粋なひとが、うまくやっていけるはずがない。育ちだって、違いすぎる――さあ、どうかメディチ宮に戻って、頭を冷やして」

「ひどいよ」

ジュリオは、ものすごく悲しくて、やるせなく口をとがらせた。

「僕をフィレンツェに追い払うなんて、不公平だ。ミケルにはここで、好きなだけ絵を描《か》かせてるくせに」

狙《ねら》ったわけではなかったが、これが、思いがけなくリフィアの痛いところをついた。

もはやなにものにも期待しないなんて、さばけたことを言っておきながら、リフィアは、明らかに、ミケルに恋してしまっているではないか。

リフィアはあわてて、たちまちいいわけ口調になった。

「ミケルのことはね、うっかりしてたのよ。自分でも、まずかったなあと思ってる」

「ミケルが好き？」

リフィアは真っ赤になった。

「だって、ロレンツォがあんな若い人を館《やかた》に連れてきたのははじめてだったし、あのひと、ああ見えて、けっこうやさしいところもあるじゃない。それに、毎日あんなに一生懸命デッサンされたら、誰だって、自分が好かれてるのかと思うもの。だから私、つい、うっかりして――」

リフィアはほうっとため息をついた。

「わかってたはずなのにな。そんな簡単に、両思いになれるはずない」

「そりゃミケルが相手じゃ、ますますむずかしいよ」

「でも、けっこういい線いってるんじゃないかと、思ってた」

すっかり独り合点していたのだ。ジュリオが、この館《やかた》に現れるまでは。

結局、ミケルは、描《か》きたいと思ったものを描いただけで、リフィアが好きだからモデルにしたわけではなかったのだ。隣にもっと描きたいもの——ジュリオが並べば、当然そちらを描く。

では、恋愛感情などなかったのだろうか。

ジュリオに抱かれたリフィアを見て、腹が立ったとミケルが言った——あれは、いったいどういうことだったんだろう。

「ミケルって、いっしょにいればいるほどわからなくなるな。『階段の聖母子』を見た？」

「ああ。うち（メディチ宮）の大広間に飾ってある」

「変な顔してたでしょ、私」

「素敵だったよ？」

「違うの。私、いつも明るくしていたはずなのに、あの彫刻じゃ、ひどく深刻な、つらそうな顔してるじゃない」

「ああ、そういえばそうだね」

「変でしょう？」

言われてみれば、たしかに、リフィアがあんな暗い表情を人前でするなんて、あまり考えられない。

「でもね、ミケルには、私が、ああいうふうに見えるんだって。そんなはずないって言ったのに、つらそうに見えるって言うの。私の言ってることわかる？」

ジュリオはうなずいた。ジュリオにも覚えがあるからだ。

「ミケルって、鈍感なようでいて、ときどきびっくりするほどこっちを鋭く見抜くときがあるよ」

「そうなの。私、それが不思議でしようがなくて――あれ、てんとう虫」

リフィアは小さな赤い虫を、手のひらにそっとすくいあげた。まさか、またなめたりするんじゃないだろうなと、見ていたジュリオははらはらした。

「ことしはじめて見たわ。まだ春ぼけしてるみたい」

「ぼけた顔してるの？」

リフィアが吹き出した。

「そうじゃないけど、ほら、よたよたしてる」

リフィアが、目を細めて、小さな命を見つめている。

なんでミケルは、この優しい笑顔を描《か》かないんだろう――と、ジュリオは不思議でならなかった。自分にもしあれほどの絵の才能があったら、この笑顔を描いて、絵の中にとじこめ、死ぬまで毎日見ながら暮らすのに。

どうやらミケルの画才は、そんな次元のものではないらしい。

「ひょっとしてミケルって、僕らとは違う別の目を持っているのかもしれないな。その目で見ると、奥の奥まで見通すことができるような――」

すると突然、遠い火でやわやわと焼かれるようなもどかしい感覚が、ジュリオの肌に熱くよみがえった。

(レオナルドの目だって、なみはずれた力をもってる――ひょっとしたら、ミケルの上をいってるかもしれない)

リフィアの爪先《つまさき》に到達したてんとう虫が、いきなり羽を広げて青空高く飛び立っていった。

乾いた空をあおぎ、ジュリオは小さくため息をついた。

「ミケルじゃないけど、僕を描いたひとがいてね」

「あなたを描きたいひとなら、きっとフィレンツェにたくさんいるでしょうね」

「モデルは、苦手なんだ。なかなかじっとしていられなくて――ちゃんと描かせてやったのは、ミケルと、そいつだけだ。そいつは、もう何枚も僕のデッサンを仕上げてる」

「うまいの？」

「ロレンツォは、現役の画家なら一番だと言ってる」

「誰？」

ジュリオは、ちょっと声を落とした。

「レオナルドだ。いま、ミラノにいて、ときどきフィレンツェに現れる」

「ああ、ヴィンチ村の――」

名前だけは、ロレンツォから聞いていたらしい。

「レオナルドが描《か》く僕も、見たとおりの僕じゃない――」

するとジュリオの脳裏《のうり》に、つい先夜のことがありありとよみがえった。

このあいだ、寝台の上で、レオナルドに泣かされてしまったのだ。すると、レオナルドは、ジュリオを抱きながら、あわてて素描帳《そびょうちょう》をとりだして、なんと、スケッチをはじめた。

だがくたくたに疲れていたうえに、レオナルドの目の力に圧倒されたジュリオは、もはや完全に屈服し、手も足も出ないのだった。自分のいいところも悪いところも強いところも弱いところもすべてレオナルドにさらけ出してしまい、恥ずかしくて、悔しくて、もう二度とこんな男の言いなりになんかなるもんか、と、何度も思う。

「――レオナルドが描く僕も、見たとおりの僕じゃない。ちゃんと見て描いてるくせに、いつも、違う表情をしてる。こんな顔してないって僕が言っても、聞きいれやしない。うちひしがれた天使なんか描いて、すごく満足そうなんだ――ほら、ちょうど、つらそうな顔なんかしてない君を見ながら、つらそうな聖母を彫《ほ》ったミケルみたいだろ？　ついいまさっきだって、僕はリフィアに見とれてたのに、ミケルは僕が、水面に映った僕自身に見とれてるように描《か》いたじゃない――どうしてミケルもレオナルドも、相手をちゃんと見ながら描いてるのに、そのまま写さずに、違うふうに描くんだろう。違うふうに描くなら、最初からモデルなしで、ひとりで勝手に描けばいいのに、レオナルドは、それじゃ描けないって言うんだ」

「ミケルは、私の内面の表情をあらわしたい、って言ってたけどな」

「内面――レオナルドの趣味は、解剖だけど、なにか関係があるのかな」

リフィアは眉《まゆ》をひそめた。

「解剖って、なんの？」

「もちろん、人間だよ。罪人の遺体をどこかで手に入れてきて、医者が腑分《ふわ》けするのを、みんなで見物するんだ」

「うそでしょう？」

「ほんとさ。それでよくフィレンツェまで来るんだよ。こないだは、これから妊婦の解剖なんだって、うきうきしてた」

「まさか」

「ほんとさ。なんの罪だか知らないけど、やっぱり神罰が下ってたらしくて、双子だったらしい。おまえもいっしょに見物にくればよかったのにって、あとからさんざん言われたよ」

リフィアは恐ろしさのあまり声も出ず、涙を浮かべた。今夜はぜったい眠れそうにない。人体解剖と聞いただけでも異端審問ものなのに、そのうえ胎内《たいない》から双子が現れたなんて。なんて恐ろしい話だろう。

(当時の多胎児は、親が犯した罪の深さから、もともとひとつだった身体《からだ》が、いくつもに分かれて生まれてこなければならなかったと考えられていた。動物がほとんど多胎なのも、信仰がない罪深さのせいだとされた)

リフィアはほとんど半泣きになった。ルネッサンス全盛のフィレンツェといえども、人々の心の中にはまだまだ中世の迷信が、根強く残っている。宗教施設で育てられたリフィアといえども、例外ではない。

「そんなの、ぜったい行っちゃだめ」

「うん。いつも誘われるけど、行かないよ。すごい臭《にお》いらしいから」

「臭いじゃなくて、教会が禁止してるでしょう」

「そんなのレオナルドの知ったことじゃないよ。教会が禁止してることを彼の生活からのぞけば、なんにも残らない。だって趣味が、解剖と――」

同性愛《ソドミィ》と、ジュリオのような美少年あさり、である。教会はおろか、リフィアにだって告白できたものではない。

「そのひと、異教徒なの？」

「さあ。宗教の話なんかしたことないな。見かけはなかなかいいよ。背が高くて、紳士づらしてて、すごくおしゃれだ。左利きだけど——」

リフィアはまたもや身体《からだ》を震わせた。多胎児《たいじ》ほどではないが、左利きの人間もこれまた不吉とされている。

「ロレンツォはすごい画家だって言ってたのに、左手で描《か》くの？」

「左手で描いたって、すごいものはすごいよ。あいつのモデルになると、へとへとになる」

「どうして？　なにかされるの？」

「違う違う、座ってるだけで、解剖されて、内臓の中までのぞかれてるような気がするんだ。ひどく疲れて、ものの十分で立ち上がれなくなるほどぐったりする。いつまでたっても慣れない。おかしな話だろ？　ミケルにだったら何時間描かれたって、ちっとも疲れやしないのに——きっと、目の力が違うんだ」

リフィアはますますぞっとした。

「なんだかそのひと怖い。絵を描いてると、みんなそうなってくるのかしら」

「まさか。そんなことないさ。フィレンツェには絵描きがたくさんいるけど、変わってるのはそいつだけさ。あのミケルだってあいつにくらべれば、ぜんぜん普通だよ」

「ねえ、そのひとにはあまり近づかないほうがいいんじゃない？」

「そうだな」

ジュリオも、うなずいた。

レオナルドは、危険な男だから、ぜったいに近づかないほうがいい――と、ジュリオの頭は何度も警告する。

だが、危険だと思えば思うほど、レオナルドの瞳《ひとみ》の力に身体《からだ》が引き寄せられてしまうのだ。レオナルドはジュリオにとって、一度味わってしまった禁断の果実だった。甘くて濃厚な果実を鈴なりにしたレオナルドという名の大木の前で、ドゥオモをながめてせいぜいひもじさを我慢してきたジュリオには、なす術《すべ》がない。

（あいつ、僕が死んだ父親――ジュリアーノを恋しがってることをよく承知していて、まるで自分がジュリアーノであるかのような態度をとりながら、僕の前に現れるんだ）

もちろん、レオナルドは、父ジュリアーノではない。

そんなことはわかりきっているのに、レオナルドが安楽椅子《いす》の上にゆったり座ってかまえていれば、ひざの上で甘えたくなるし、ジュリオにむかって両手をひろげれば、彼の胸と腕に包まれてみたいと切に思う。いまでは、漠然とした不安にふと心細くなれば、レオナルドの低く優しい声を聞きたくなるし、夜、独り寝するのが、たまらなくさびしく感じるようになった。

でも、彼の左手で愛撫《あいぶ》されるなら、感じやすい場所よりも、手とか、髪とか、背中のほうが、ずっと嬉《うれ》しい。

オスマントルコ風の寝台の上でおこなわれることが、ただの性交だけで終わると、違う、こうじゃないと、文句をつけ、レオナルドにむりやり抱きしめなおしてもらったこともある。

（あいつが好きなわけじゃない）

ジュリオは、自分でもよくわかっていた。結局ジュリオは、レオナルドの身体《からだ》の大きさや、肌の下の筋肉の感じや、体温や、匂《にお》いや仕草《しぐさ》に、死んだ父親ジュリアーノを重ねているから、レオナルドが恋しい——ただそれだけのことだ。

ジュリアーノに会いたいというかなわぬ思いを、レオナルドに満たしてもらう代償として、レオナルドに身体を好きにさせているにすぎなかった。つまり、ジュリオは、レオナルドに恋愛感情をもっているわけではない。

（あいつは危険だ——もう、これ以上あいつに近づいちゃいけない）

こんなただれた、ギブアンドテイクだけの関係は、いますぐ解消しなければならない、と思う。

だが、身体が抗《あらが》えない。

会うたびにますますレオナルドの深みにはまり、おぼれて、流されてしまう。

（しっかりしろジュリオ、いつまでやつの左手に支配されているつもりだ――）


ふと、ジュリオの鼻先でかわいた羽音《はおと》がした。

かわいい花あぶだった。甘い匂《にお》いに誘われたのだろう。

我に戻ったジュリオは、びっくりした。リフィアとの会話が途絶えてどのくらいたつのか、見当もつかない。いつのまにか、レオナルドの夢を見ていたみたいだ。

「あれ、僕、いま寝てた？」

リフィアも顔を上げ、驚いてあたりを見回している。

「わからない。私もうとうとしてたのかな」

何時だろう、と二人はお日様の高さを見た。

「戻りましょうか」

「まだ日が高いよ。もうちょっとここでこうしていようよ」

うん、とうなずいたリフィアだったが、このぽかぽか陽気のせいとはいえ、ほとんど初対面のジュリオの前で、しばらくぼんやりしていた自分が、まだ信じられなかった。

守りの堅いはずの自分が、人前で微睡《まどろ》むなんて。

「あなたって、本当に変」

「だって昨日はじめて会ったのに、なんだかもう、何年もいっしょに暮らしているような気がする」

「僕？　どうして」

　なんだそんなことかと、ジュリオは胸を張った。

「僕なんか、昨日はじめて会ったときに、すぐそう思ったよ？」

「本当に？」

「本当さ。やっぱり僕たち、結婚したほうがいいよ」

「またそんなことを」

「僕はまじめだ。君のこと、あきらめないし、フィレンツェにも帰らない」

と、ジュリオの決意はますます固い。

　なんだか嬉《うれ》しく思ってしまったリフィアは、自分にびっくりした。

（あれ？　私ってミケルが好きなんじゃなかったの？）

　なんでこんなに嬉しいんだろう。まさか自分は、インノチェンティ出身の分際で、そのうえ年端《としは》もいかないくせに、二股《ふたまた》かけようというのだろうか。これほど申し分のない男子二人相手に——そんなばかな。

　いくらなんでも自分はそこまで世間にすれてないはずだし、そんなに器用な性格でもない。

（まさか、小さいころ誰にもかまわれなかった分、いまになって、愛情を欲張ってるのかなあ。そんなのいやだなあ）

　困ったリフィアは急に心細くなり、館《やかた》を振り返った。

「ミケル、なにしてるのかな」

　ミケル？　と、ジュリオも館を振り返った。

「なんやかんや悩みながら、結局あのデッサンを手直ししてるんじゃない？　いい出来だったもの――それとも、破いてたりして」

「まさか」

「いいや、やりかねない。ミケルって、ときどきすごいかんしゃくを起こすんだ」

「破いたことがあるの？」

「ああ。人をさんざんじっとさせておいて、目の前でびりびり破かれた日にはたまらないよ。人の顔だと思いやがって――よく描《か》けてたのに」

「気に入らなかったの？」

「思い通り描けなかったのが、そうとう悔しかったみたいだ」

　リフィアは小さくため息をついた。

「ミケルって、師匠《ししょう》もいい芸術仲間ももたないから、そんなふうに落ち込むと、自分ひとりでふっきるまでしばらくかかるみたい。いまもそうかな。ちょっとかわいそう」

「自業自得だよ。負けず嫌《ぎら》いでつっぱってばかりいるからだ」

　ジュリオはちょっと意地悪く言った。

「でも、ドナテッロって手がある」

　リフィアはうなずいた。

「そうなの。ここにもひとつだけあるんだけど、ドナテッロの作品を見ると、ミケルってむやみやたらに奮い立つのよね」

「でもって、二言目には嘆くんだ」

「『おれは未熟だ』？」

　二人はくすくす笑いあった。

　こんなふうにからかっている背後から、ひょっこりミケルが現れて腹を立てたら、もっともっと楽しくなるのに、と、リフィアもジュリオも残念に思った。

　ミケルときたら、ちっとも現れない。

「なんでそんなに、好きになったのさ。あの変わり者を」

　リフィアは恥ずかしかったのか、また手近の花を摘《つ》み、今度はちまちまと花輪を編みはじめた。

「ミケルがね、描《か》きながら、ぽろっと言ったのよ。もしつらいのを我慢してるんだったら、おれの前では、もう無理しなくていいって」

「ふうん」

ジュリオは、ぱたりとおもしろくなくなった。

はっきり言って、不快である。

「どうしたの」

「どうしたのかな。なんだか腹が立った」

リフィアは摘《つ》んだ花をつぎつぎに輪に挿しながら、うふっと笑った。

「そんな優しい台詞《せりふ》を、一度でもミケルに言われてみたいんだ？」

「違うよ。君にちょっかい出されたからだ」

どちらにせよ、とにかく悔しい。くそ、と、ジュリオはそこらへんの花を散らして悔しがった。

「あいつ、いつもはめちゃくちゃ唐変木《とうへんぼく》のくせに、いったん描《か》きはじめると、ぽろっとかっこいいことを言うんだよなあ。そういえば、僕にも覚えがあるや。ずるいよなあ」

むくれて言った。

「僕だってこんなにがんばっていろいろ言ってるのに、なんでミケルみたいに好きになってくれないの？」

「そんなこと言ったって——」

困ったリフィアは、あいかわらず手元で忙しく花を編みながら、やや声を落としてつぶやいた。

「結局、ミケルと私って、変わり者同士なのかなあ。私もそうとうすれてるから——誰にも期待しないなんてえらそうに言ったけど、結局、裏切られるのが怖くて、必死に守りを堅くして、自分の中に閉じこもってるだけだもの」

「そんなふうには見えないよ？」

「だって、陰気な顔してたら、またインノチェンティに送り返されちゃうじゃない」

ああそうか、と、ジュリオは胸をつかれた。

「じゃあ、無理してるように見えるってミケルが言ったのは、ほんとなんだね？」

「そうなの」

リフィアは、照れたような、さびしいような笑顔になった。

「いつのまにか、元気そうにする癖《くせ》がついちゃってね。それで、ちょっとくたびれてたみたい。だからミケルに、おれの前ではもう無理しなくていいって言われたとき、ああこのひとの前では、無理しなくていいのかなあって思ったら、嬉《うれ》しかった」

「それで好きになったのか」

リフィアはまた赤くなる。

「だってそんなふうに言ってもらえれば、私なんかでも、ちょっとはましに生きられるような気がするもの」

ジュリオには、よく意味がわからない。

「ましって、どういうふうに？」

「え、私はね——」

恥ずかしがる自分の心を励ますかのように、リフィアは手に持った花冠を、春霞《はるがすみ》の青空高くに掲げてみた。

「ほら、ロレンツォを見てると思わない？　ロレンツォみたいに、もっといろんなひとと知り合いたいじゃない。私も、もっといろんな世界に飛び出していって、子どもみたいに奇想天外な夢を見たい——そのためには、ひとに裏切られるのを怖がらない人間になりたい。たとえ誰かに裏切られたって、ちっともそのひとを恨《うら》んだりしないような、度量の広い人間になりたい——」

中世を実直かつ敬虔《けいけん》に生きているひとが聞いたら、とびあがりそうなのびやかな考え方である。ロレンツォが聞いたら涙を流して喜ぶだろうが、リフィアはさすがに、言い過ぎたかな、と思った。

「女のくせに、とんでもない？」

ジュリオは、感動していた。

ジュリオだって、メディチ宮でどっぷりとルネッサンス教育を受けて育っている。

「素敵だ」

もっともっとおおげさにほめてあげたかったが、なんと言っていいのかわからない。そこでジュリオは、リフィアの手から花冠をとりあげると、それをリフィアの頭に載せてやった。

「汝《なんじ》こそわが誉れ――」

まるで教皇《きようこう》のごとくおごそかな手つきと、まじめな顔つき、そして、花冠の甘い香りに頭から包まれたリフィアは、またくすくす笑った。

「でも、無理」

ジュリオは驚いた。

「どうして」

「だって、人間そう簡単には変われない。裏切られるのはやっぱり怖い――だから、とりあえずいままでどおりにこにこしながら、守りを堅くして、裏切られないように、期待しないように気をつけながら、過ごすしかない」

「でも、もし変われたら？」

リフィアはちょっと驚いたような目をした。

「ほんとに変われたら？」

もしも、ほんとうに自分を変えることができたら――と、冠を戴《いただ》いたリフィアは、切なくつぶやいた。

「きっと生きるのが、すこしは楽になるよね」

「生きるのがつらい？」

「いいえ、昔つらかったのを、まだ引きずってるだけ——情けないよね」

ジュリオは自分が情けなかった。

(僕はいままで、ちっともつらい目にあっていないのに)

ジュリオはこのとき、猛反省したのだった。両親がいないというだけで、自分はいままで、生きることに少し臆病《おくびょう》すぎたのではないか。

「リフィアのおかげで、僕、いま、少し強くなったような気がするよ」

まさか、と、リフィアは笑い出した。

「あなたって本当に大げさ」

でも、こんなジュリオの純粋さにふれるたび、リフィアのすれてしまった部分が、なにかに覆《おお》われたような気持ちになる。

「じゃあこれ、強くなったごほうび」

と、花輪を載せてやった。騎馬槍試合《きばやりじあい》で勝った騎士に、栄誉を与える祭りの女王になった気分だ。

ジュリオも、この花冠の栄誉に値するような、りっぱな騎士になりたいと思った。

「もっともっと強くなって、こんな自分を必ず変えてみせる」

するとリフィアは、残念そうな顔になった。ジュリオはけっして頼りがいがあるタイプではないが、そばにいるだけで、なんだかほっとするではないか。

華《はな》のジュリアーノの忘れ形見、メディチ家の御曹司《おんぞうし》ジュリオが、こんなにも純粋で罪のない少年だとは。

「あなたには、あまり変わってほしくないな」

「だめだ。もっと強くならないと。死んでしまった父さんに会いたくてくよくよするなんて、情けないよ」

ああ、このひとはそんなことを考えていたんだと驚いたリフィアは、思わずその場に座り直した。

「いいえ、わかる」

「なにが」

「だって、親に会ってみたいもの」

ジュリオはひどく醒《さ》めた顔をした。

「会えるわけないんだ。リフィアのお母さんと違って、ジュリアーノがドゥオモで殺されたってことは、イタリアじゅうの誰もが知ってる事実じゃないか」

リフィアは、悔しかった。

ジュリオの頭の上から花冠を奪いもどすと、手近な花を摘《つ》んでは、怒ったように挿しこんでいった。

「でも、会えるはずないから、なおさら恋しいんじゃない」

「恋しがったって、なんにもならないさ。だって、死んでて、もう絶対会えないんだもの」

唇《くちびる》をかんだリフィアは、そこらに咲いている花を、むやみやたらに冠に挿していった。冠はたちまち色とりどりのにぎやかなお花畑と化した。

「それでも、会ってみたいじゃない。わかってても、会いたい。別に理由なんかないし、会ってどうしようってわけじゃない。だけど――」

声がくぐもった。

「会いたいものは会いたい」

もっと強くならなければいけないのは、いやというほどよくわかっている。

でもひとは、そう簡単には強くなれはしない――。

行き場を失った花あぶが、リフィアのまわりを飛びまよった。ジュリオも、ことばをなくした。

（そうなんだよな。会えないってわかってるから、なおさら、会いたいんだ。会ってどうこうしようってわけじゃない。ただ、会いたい――会って――）

ときどき、無性にレオナルドに抱かれたくなるときがある。

レオナルドに抱かれて、なにも考えられなくなるくらい、めちゃくちゃにされたくなるときがある。

でも、リフィアといれば、もう、レオナルドに抱かれなくても、すむかもしれない。

「ごめん」

花冠を、そっとリフィアのひざの上におろさせた。

怒っているのかそれとも嗚咽《おえつ》をこらえているせいか、リフィアはまた真っ赤になっている。瞳《ひとみ》には涙がたまっていた。

「ごめんよリフィア――もう、大丈夫《だいじょうぶ》だ」

なにが大丈夫なのかさっぱりわからなかったが、ジュリオはそう言いながらリフィアを抱いた。二人は抱き合った。何の因果か、生まれてすぐに親とはぐれてしまったリフィアの髪やら頬《ほお》に、ジュリオはつぎつぎに唇《くちびる》をあてた。あてずにはいられない。

「もう大丈夫だから」

そのうち唇が、リフィアの唇に触れた。

柔らかい感触が、あまりにも気持ちがよかったのでおそろしく思ったジュリオは、一度顔を引いてリフィアの顔を見てから、抗《あらが》いきれずに、そっとまた唇を寄せた。リフィアは驚きながらそれを受けた。こんなに気持ちのいい感覚がこの世界に存在するなんて、思いもしなかった。

つまり二人は、生まれてはじめて、異性と唇《くちびる》をあわせたのに、不思議なことに、すこしも情熱的にならなかったし、刺激も感じなかった。どきどきさえもしなかったし、血も、熱くはならなかった。

ただ、優しい夢にいっしょに落ちたかのように、心地《ここち》よく、懐《なつ》かしい。

互いの柔らかさと温かさを、疑いようもなく確かめあうことができた二人は、ひたすらほっとし、安らいだ気持ちになったのだった。

(母親の乳首をはじめて探り当てた赤子はこんな気持ちだろうか)

と思ったリフィアは、心を打たれた。

一方のジュリオは思った。

(このままいっしょに若草の上で微睡《まどろ》みたい――きっと優しい夢を見るに違いない)

リフィアが先に、我に返った。

一目散にジュリオから逃げ出した。


ぱたぱたと部屋に駆け込んできたのが誰かと思ったら、リフィアだった。

どこからどう走ってきたのか、髪が乱れ、肩で息をしている。これほどあわてたリフィアを見るのもめずらしい。驚いたミケルは腕組みを解いた。

「どうした」

デッサンの前に座ったままだったミケルがそう尋ねると、リフィアは、ずいぶん躊躇《ちゅうちょ》してから、こう頼んだ。

手に、なぜかくしゃくしゃの花冠を握りしめている。

「ねえ――あの、よかったら、キスしてみてくれない？」

膝頭《ひざがしら》にがくんと震えがきたので、ミケルはびっくりした。いったいこれはどういう反射機能だろう。

「え、誰に」

リフィアは一生懸命なあまりに、泣き出しそうになった。

「私に」

とっさにミケルは、なんと答えていいかわからなかった。かわりに体じゅうの血管が大きく脈打ちはじめたのは、ミケルにこの手の経験が皆無なせいだった。なんて正直な心臓。

「だって、リフィアはまだ子どもじゃないか」

子どもとはほど遠い瞳《ひとみ》をして、リフィアは言った。

「ねえ、こんなこと、何度も頼んだりしない。これが最後――してくれない？」

たじたじとなったミケルを見て、リフィアは、これはだめだとあきらめた。あいかわらず、見切りをつけるのが早い。早すぎる。
「ごめん、変なこと言って」
あわててそそくさと立ち去ろうとするリフィアの小さな背中を見て、ミケルもますます
あわててしまった。どういうわけでリフィアが突然こんなことを言いだしたのかさっぱり
わからないが、キスしてと頼む女の子を、こんなふうに行かせてしまっていいものだろう
か。
「待てよ」
「もういいの。ごめん」
足を止める気配はない。ミケルはあわてて立ち上がった。
「待てって」
するとリフィアもあわてて本格的に逃げ出したので、ミケルもさすがに銀筆を放《ほう》り出《だ》
し、これを追いかけるはめになった。
なんだか前にもこんなばたばたした場面があったような気がする。
だがあのときのリフィアは、こんなにぴらぴらしたドレスは着ていなかった。今日のミ
ケルは投げ飛ばされることもなく、なんなくリフィアの腕をつかまえることができた。
「なに考えてんだよ。ジュリオとなにかあったのか？」
リフィアは困ってしまった。

「あのね――」

まさか、キスしてたなんて、言えるはずがない。

そのうえすごく気持ちがよかったなんて、リフィアにはどうしても自分に納得がいかなかった。

(私は、ミケルのことが好きなはずなのに)

いや、きっとたぶんキスって、誰としたって、あのくらい気持ちいいものなのだ。とすれば、好きなミケルとキスしたら、また格別に気持ちいいに違いない。

だから、ためしに私にキスしてみてほしい――なんて、正面切って言えるだろうか。

「私、ミケルのことが好きなんだよね?」

ミケルは呆《あき》れてしまった。ひとに訊《き》くことだろうか。

「なんで自分でわかんないんだよ」

「わからなくなった」

「なにかあったのか?」

リフィアは、声が出ない。

どうやらリフィアの悩みが相当込み入っていて、ひどく説明しづらいものだ、ということくらいは、いくらミケルにでも察しがついた。

だがこれをいちいち掘り下げて聞いてやるなんてことは、どう考えてもミケルの手には余る。

　となれば、とるべき道はひとつ。

（やってやろうじゃないか）

　まるで果たし合いでもするかのように、ミケルは覚悟を決めてリフィアの正面に立った。

　だが、どこからどうしたものかよくわからない。とりあえず、言った。

「目、つぶって」

　リフィアはちょっとびっくりしたが、言われたままに目を閉じ、顔を上げた。ミケルのほうが、かなり背が高い。

　だが、その瞬間をいまか、いまか、と待ち構えるうちに、どきどきがおさまらなくなった。リフィアは目を開けて訴えた。

「目を閉じたら怖い」

「怖いなら、なんで――」

　地団駄ふむほど悔しがったミケルにあわてたリフィアは、また目をぎゅっと閉じた。リフィアが覚悟を決めたのを見て、ミケルもあらためて、覚悟を決めた。

　花冠が、床に落ちた。

　許されるものなら、もっと思い切り抱きしめたい――と、ミケルは思った。唇《くちびる》だけでなく、服の下の素肌《すはだ》にもふれたい。ぐっと抱き寄せて、そこらじゅうまさぐりたい。

そうした男の子らしい煩悩《ぼんのう》をすべてねじこみながらの、キスである。ミケルはどこか安《あん》堵《ど》するところがあった。

(なんだ。おれってやっぱり正常《ノーマル》だったんだな)

一方のリフィアは、ちゃんと立っていられない。

なんでミケルとのキスはこんなにもどきどきするのだろう。唇《くちびる》の柔らかさを懐《なつ》かしいと感じたジュリオの心地《ここち》よいキスとは、大違いだ。

どきどきするあまり、身体《からだ》の奥のほうが変に熱くなってくる。リフィアはミケルを突き放した。

「なんだか、いやらしい」

あわれなミケルは、ぶんなぐられたような痛手を受けた。いやらしくならないよう、あんなに一生懸命努力していたのに——手が勝手にあちこち動き出しそうになるのを、理性の力を総動員して必死でこらえてたのに。

「なんにもしてないだろ。ただ、ちょっと、キスしただけじゃないか」

「キスだけでもいやらしい」

「あったりまえだ」

ミケルは開き直った。

「だっておれたち、これでも一応男と女だろ？」

「キスしたら、どうしてもいやらしくなる？」

「なる」

これっぽっちの根拠もなしに、ミケルは断言した。

「あのな、いいか、よく考えろ。好きな女の子にキスしてるのにちっとも熱くならない男がいたら、そいつはどっかが病気だ」

リフィアははっと顔色を変えた。

「ジュリオも、どこか病気なの？」

ロレンツォの甥《おい》のジュリオも、ロレンツォと同じように、なにか病気を抱えているのかと思ったのだ。

ちょっと待て、と、ミケルがうろたえる番だった。

「おまえ、ジュリオと、キスしたのか？」

しまった——と後悔したリフィアだったが、もう遅い。

やむなくうなずいた。

「はずみだったの」

（いやな予感はしてた）

ミケルは、ちょうどそばにあったベンチにどかりと座り込んだ。

自分のふらちな行動が、ミケルを怒らせてしまったかと覚悟したリフィアだったが、どうやらそんなようすではないらしい。意外に思ったリフィアは、尋ねてみた。

「怒った？」

「いや、ちょっと——」

リフィアはミケルの隣に腰をおろし、つくづく顔をのぞきこんだ。

「なんだか、すごく気落ちした顔してる」

「そうだな。そんなかんじだ。いま、どこでもいいから座り込みたくなった」

リフィアにはわからなかった。

「なにがそんなにがっかりなの？　私？　それともジュリオ？」

いい質問だ。物事の本質をあくまでも醒《さ》めた目でとらえようとしている。リフィアのこんな部分にこそ、ミケルは共感を覚える。もちろん、口先だけでごまかすことはミケルにはできない。ちゃんと答えなければならない。

そこで、ミケルは真剣に考えた。

リフィアがジュリオにキスされたという。もしミケルが理不尽さを感じるとしたら、それは、好きなリフィアが、自分以外の男とキスしたことに対してだろう。

当然それもある。しかし——。

（それだけじゃないな）

ミケルは頭を抱え込んだ。

倫理的にどうのこうのという問題ではない。ミケルがジュリオにキスしたいわけでもない。だが、ジュリオには、誰ともキスなんかしてほしくないのだ。ジュリオが女性にキスをする――という絵が、どうがんばってもミケルの頭の中に浮かんでこなかった。他の画家がどう描《か》いたとしても、納得がいかない。

聖なる天使ジュリオの構図として、あまりにも俗っぽすぎる。

(いくら相手がリフィアだって――あんまり幻滅《げんめつ》させるなよジュリオ)

「わかった」

と、突然リフィアが立ち上がり、服の裾《すそ》をぱんぱんと払いだしたのでミケルは耳を疑った。

「わかったって、なにがわかったんだよ」

「もういい。ね、もうやめよう?」

かわいい笑顔が、ますますミケルをたじろがせた。

「やめるって、なにを」

「なにもかも。もう、こんなのはいや。くよくよしたくないの」

じゃあね、とばかりに、くるりと背中を向け元気よく歩き出したリフィアに、ミケルはあわてて立ち上がった。

「待てよ」

リフィアは、振り返らない。

今度こそミケルは、つくづく反省しなければならなかった。そもそも、うまくいきそうだった二人の仲が、ここまでこじれてしまったのは、リフィアを描《か》いていたはずの自分が、いつのまにか、リフィアの隣にいたジュリオを描いてしまったからだ。あれが、リフィアを混乱させ、しまいにはジュリオとキスなんかさせてしまったのだ。

「おれは、リフィアが好きだからな」

「ジュリオより？」

「あったりまえだ」

「ほんとに？」

リフィアは、振り返らない。

「ほんとは、自分でもどっちが好きなのか、よくわからないんでしょう？　ひとの気持ちなんて、ぜんぜんあてにならないってことが、よくわかった。私だって、ほんとにミケルのことが好きなのかどうか、ジュリオにキスされたら、わからなくなった」

「そりゃ、ジュリオにキスされたら誰だって――」

「されたことあるの？」

「まさか」

ミケルはあわてた。さっきリフィアが言ったとおり、ミケルはこういう複雑な状況が得意ではない。こうしてぽんぽんやりとりしたら、勢いで言ったことが、どんな方向に進むかわからない。

（まいったな。なんでこんなに頭がごちゃごちゃするんだ）

なんだか、がんがん大理石でも彫刻したい気分になってきた。こうなったらもう本能の命じるままに動いて、よけいな部分をきれいに削《けず》り取《と》り、本質をはっきりさせてしまうしかない。

いつかみたいに見事に投げ飛ばされないよう十分注意をはらいながら、ミケルはリフィアを後ろから捕まえた。びっくりしたリフィアは、振り払おうとしてさんざん抵抗した。

「もういい」

「今度はおれが頼む番だ。いやか？」

と、一応は同意を求めたが、もはや許可がおりるのを待っているような状況ではない。ミケルはリフィアを抱きすくめた。

「ジュリオには、絶対こんなことしない――リフィアだけだ」

リフィアは、すっかり脱力してしまった。

足を踏ん張ろうにも、地面が、すうっとどこかになくなってしまったみたいでひどくこころもとない。ミケルの二本の腕だけが、リフィアを支えている。

（自分じゃなくなるみたい。私、いったいどうなるんだろう——キスされたくらいで、どうして——）

きっとこれまで、満足に抱擁されることなしに育ってきたから、これほどもろいのだ。ロレンツォも、そこらへんは一生懸命自制してきたとみえて、せいぜい手を握ったり頭を撫《な》でたりが関の山だった。

（ちょっとはべたべたしてくれてもよかったのに——）

危うく泣き出すところだった。ばかだな私、やっぱりミケルのことが好きなんじゃない——と、なにもかも許してしまうところだった。触れ合った唇《くちびる》から、このまますべてをミケルにあずけてしまいたい。自分を全部ゆだねたら、どんなに楽になることだろう。

普通の女の子だったら、まず問題なくそうなるところだ。

ところが、そうすんなりとはいかなかった。リフィアには、怖さがある。幼いころ、誰もリフィアを大切にしてくれなかったから、自分で大切にしてあげなければならなかった。誰ひとりとしてリフィアを守ってくれなかったから、一生懸命自分自身を守らなければならなかった。

いま、いったいミケルはどこまで自分を守り、大切にしてくれるだろう。考えれば考えるほど、怖さのほうが先にたつ。もし放《ほう》り出《だ》されたりしたら、好きなだけに、よけい痛い思いをするに違いない。

だってミケルの頭の中には、疑いようもなくジュリオがいるではないか。

「二度とこんなことしないで」

足払いをくらったミケルがまた床の上にのび、茫然自失《ぼうぜんじしつ》になっている隙《すき》に、リフィアは廊下を歩きだした。

（やっぱり、うまくいかなかった――やっぱり）

涙が出そうだった。こんな二人が、最初から、両思いなんかになれるはずがなかったのだ。キスの真っ最中に恋人をころがしてしまう臆病《おくびょう》な自分も腹立たしいし、うっかりジュリオをスケッチしてしまうようなミケルのいいかげんな恋人ぶりにも、腹が立つ。

階段を上がりかけたところで、リフィアはミケルを振り向いた。

「ひとつだけ言わせて」

「なに」

「ミケルって、とてもすばらしい絵を描《か》くけど、次に女の子と付き合うときは、ちょっとくらい絵を描くことを忘れなさい」

このリフィアの預言めいた低い声の前に、ミケルはなかなか太刀打《たちう》ちできない。

「なんで」

「だって、女の子って、恋したときくらいは、自分が主役になりたいものなの」

自分の部屋の扉《とびら》を開けたリフィアは、そう言い切った自分自身が情けなくて、呆《あき》れてしまった。

「ほんと、ばかみたい」

扉《とびら》が閉められた。

ものの一分もたたないうちに、リフィアは再び廊下に現れた。

見違えるようなその姿を見て、ミケルは驚き、思わず見ほれてしまった。はじめて会ったときの、あの馬上にいた美青年が、髪を束ねながら、姿勢よく階段をおりてくる。乗馬用の革靴を履いた、その足取りの軽やかなこと。

そのままミケルのほうに、すたすたと近づいてくる。

涼やかな微笑。

なにかミケルが言おうとしてあわててたら、後ろから、乳母《ばあや》さんがどたどたとリフィアを追いかけてきて、ほとんど泣き声に近い声をあげた。

「嬢さま、またそんな格好をなさって、いったいどちらへ」

リフィアの低く落ち着いた声が、ミケルの横を春風のように通り過ぎた。

「鷹狩《たかが》りに——」

喜んだのは、館《やかた》を護衛しながら銃《じゅう》をつくったりしていた、東方流れの荒くれ男どもだ。

二

その夜、大宴会となった。

リフィアと男たちの狩りは、大成功だった。寒さもやわらいできたとはいえ、たった半日で、どこからこんなにたくさん獲物《えもの》をつかまえてきたのだろう。ウサギはロースト。野鳩《のばと》はスープ。これにトスカーナ特産の生ハムやサラミの皿が前菜として並べられる。

ワインはもちろん最上級のキャンティ。

「なんでこんなお祭り騒ぎになるんだよ」

ミケルは、大広間のすみのテーブルで、ずっとむくれている。

見るからに雄々《おお》しい東方流れの男たちにぐるりととり囲まれたリフィアは、大広間の中央でずっと笑顔がたえなかった。なんとも凛々《りり》しい美青年ぶりだが、宴会の花であることは間違いない。

そしてなんだか、ミケルがぶすっとすればするほど、座は盛り上がるようだった。異国の歌が大合唱され、呆《あき》れたことに、銃《じゅう》を振りまわして踊りだすやつらもいる。ミケルは、隣に座ったロレンツォに尋ねた。

「ひとつ訊《き》いてもいいですか」

ロレンツォは、満面笑顔になった。

「もちろんだとも君、さあ、なんだって訊いてくれたまえ。わたしのほうも、君には訊かなければならないことがたくさんあるんだ」

語尾にちくりと針があるのは、リフィアがまたあんな格好に戻ってしまった顚末《てんまつ》の責任が、ミケルにあるのを見破っているからだろう。

ミケルはますます重い気分になった。

「彼らって、いったい何なんです」

以前から思っていたが、どうもこの館《やかた》を警護する男どもは、尋常ではない。

たとえば、ロレンツォが政治的に懇意《こんい》にしている（ここらへんのニュアンスはたいへん微妙—著者注）オスマントルコのスルタンが、懇意の印としてロレンツォに最新式の火縄《ひなわ》銃《じゅう》を送ってくると、ロレンツォはまずこの館にもってきて、男たちに研究させ、複製させたりするのだ。腕のいい鍛冶屋《かじや》ならフィレンツェにもたくさんあるのに、まかせないのは、組合の規約とかがうるさいからだろうか。

彼らが何者であろうと、ミケルには関係ないので、いままで誰にも尋ねなかったが、今夜のミケルは、ちょっと尋ねずにはいられなかった。

男たちが、まるで勝利の女神でも取り戻したかのように、あまりにも男装のリフィアをもてはやすもので。

「着ているものは西洋風だけど、彼ら、ムーア人じゃないんですか？」

「彼らが、何者かって？」

とたんにロレンツォは、いたずらっぽい笑顔になった。

「彼らはね――」

父ピエロ・デ・メディチが亡くなったのは、ロレンツォが二十歳の時だった。つまりロレンツォがフィレンツェの政権を引き継いで、早いもので、もう二十年になる。

若い頃、ロレンツォにとって政治とは、冒険にほかならなかった。弟のジュリアーノとともに挑んで次々に勝ち取った、血沸き肉躍る楽しい冒険の連続――。

その最後の冒険のシーンに、ジュリアーノはもういなかったが、最も困難な冒険で、かつ、得たものも大きかった。

ロレンツォ豪華王《イル・マニフィーコ》は、遠い目になった。

「彼らはね、もともと、ガレー船の船こぎ奴隷《どれい》だった」

ほんの十数年まえのできごとだが、フィレンツェでは、すでにロレンツォにまつわる伝説となっている。ガレー船の奴隷と聞いただけで、当時まだたったの四歳だったミケルにも、すぐにことの次第がのみこめた。

「あなたがナポリに行ったときの、あのガレー船」

「そうだ」

十二年前のこと。

華《はな》のジュリアーノ（ジュリオの父）が、ドゥオモで抹殺《まっさつ》されたいわゆる『パッツィ家の陰謀』は、メディチ家とパッツィ家の単純な勢力争いではなかった。裏で糸を引いていたのはローマ教皇《きょうこう》シクストゥス四世。

兄のロレンツォ豪華王《イル・マニフィーコ》をいっしょに殺すのに失敗した教皇シクストゥス四世は、開き直って、憎きロレンツォに対する全面攻撃に出た。すなわち、ロレンツォをカトリック教会から破門し、破門されたロレンツォを支持し続けるフィレンツェ共和国全体を、聖務禁止《インテルデット》処分に処したのである。

その日からフィレンツェ市民は、教会でミサが受けられなくなり、教会がおこなう洗礼も結婚も宗教上の効力がなくなった。死に際の救いも与えられず、埋葬《まいそう》すらできなくなった。だが、ロレンツォは支持し続けられた。いかに市民が彼を愛していたか、わかるというものだ。

業《ごう》を煮《に》やした教皇は、とうとう諸国に命じてフィレンツェを完全包囲し、戦争をしかけた。軍事力をもたないフィレンツェでは、たちまち物資が欠乏し、たのみの経済もたちゆかなくなった。共和国は、亡国の危機《きき》に瀕《ひん》したのである。

そこで若き独裁者ロレンツォは、最後のかけにでた。無謀《むぼう》ともいうべき、危険なかけだった。書き置きを残し、ガレー船に飛び乗って単身ティレニア海を南下し、一路、敵国ナポリにのりこんだのだ。

頼みは、自分の外交術のみ。

なにしろ交戦中の敵国である。下手をすれば、上陸も許されずに抹殺《まっさつ》されるかもしれない。

前にも述べたが、ロレンツォは、当代きっての詩人でもある。フィレンツェに残したその書き置きが、またふるっていた。

読みきかされたフィレンツェ政府の委員も、市民たちも、ロレンツォの悲壮な決意に、みな粛然《しゅくぜん》とし、涙を流したという。

この書き置きが、ロレンツォの遺書にもなりかねない。

『この混乱は、私と弟が血を流したことから始まった——敵のねらいは、私ひとりだ——この身を敵の手にゆだねることによって市民に平和を回復できることを、幸せに感じる——生きるも死ぬも幸も不幸も、我が祖国フィレンツェのためになることを、願ってやまない——』

「いや、歴史に残る名文だ」

見事な節回しで暗唱し終わったポリツィアーノが酔った顔でにやりと笑うと、ロレンツォも嬉《うれ》しそうだ。

「泣かせた泣かせた」

よほど満足いく文面だったとみえる。

「あんまりうまく書けたんで、われながら惚《ほ》れ惚《ぼ》れしながらガレー船に乗ったよ。いやミケル、すばらしく愉快《ゆかい》な気分だった。甲板《かんぱん》で大の字になって、ひなたぼっこばかりしてたよ」

「のんきだなあ。世界中が、あなたが殺されるかどうか、固唾《かたず》を飲んでたっていうのに」

「だって君、船の上で他にやることがあるかね。あんまり身体《からだ》がなまるんで、船倉にもぐって櫂《かい》をこいだら、たちまちムーア人の奴隷《どれい》たちと意気投合したよ。驚くじゃないか。ギリシア語が通じるんだ。学のあるおもしろいやつらだったんで、全員買い取って自由にしてやると約束してやった。もしナポリの港でわたしが殺されなければ——という条件付きでね。心もとない約束だった」

「じゃあここにいるのは、その時の何人か？」

「そうだ。フェランテ（ナポリ王）が賢明にもわたしを殺さなかったおかげで、彼らを無事解放してやることができた」

きっとその後、ロレンツォの人柄を慕《した》って、フィレンツェまでついてきたのだろう。ロレンツォに唯一無二の忠誠を誓うわけも、ロレンツォの秘蔵の花リフィアをこんな田舎《いなか》で必死に守っているわけも、そのリフィアに接近したミケルを目の敵にしたわけも、ようやくわかった。

リフィアに東洋風の見事な護身術を教えこんだのも、もちろん彼らだ。彼らのおかげで、ミケルは何度痛い思いをさせられたことだろう。

「銃《じゅう》は？」

「船こぎ奴隷に落ちる前は、みんなそれぞれいろんな仕事に就いていた。東方の先端技術を学ばない手はない」

「なるほどね」

「フェランテのおかげで、銃にくわしくもなれたし、そのうえイッポリータに会うこともできたんだ。ナポリ社交界きっての花で、そのうえ教養深くてね。リフィアになってほしいと思ってるのは、イッポリータのような女性なんだ。肖像画を見せたっけ？」

どうやら昔話は続くようだ。ミケルはちょっと思う。最近ロレンツォは昔話が多くないか？

「ええ、何度も」

「優柔不断なナポリ王の気持ちが定まるのをながらく待つ間、暇だったんで、彼女の名高いサロンの招待を受けた。そしたら、ナポリの宮廷人がみんな彼女のサロンにおしかけてきて、おおにぎわいになり——」

「喜ばれたんでしょう？」

「そう。タランテッラ（三拍子の南イタリア舞曲）をみなで幾晩《いくばん》も踊り明かしたよ。いやはや、あらゆる面で、すばらしい女性だった。あの冬のナポリの美しさといったら——」

ロレンツォは遠い目になる。

涙が出るほど困難な外交交渉を、その天性の駆け引き能力で奇跡的になしとげ、フィレンツェ市民の歓喜に迎えられ凱旋《がいせん》したというのに、そんな自慢話はちっとも出ない。

鮮やかによみがえるのは、世にも美しい婦人との、ほんの数週間の情事《ラブ・アフェア》の思い出ばかり——まあ、年だからしようがないか。

「イッポリータの寝室の窓から、紺碧《こんぺき》のナポリ湾を眼下に望むことができた。朝焼けが、最高に美しかった。あんまりすばらしい眺望《ちょうぼう》だったので、そばにジュリアーノがいないのが、残念でならなかったよ。思わずフィレンツェに手紙を書いて、呼び寄せようとしたんだ。おい、ちょっとこっちにきて、おまえも骨休めしないかってね——ジュリアーノが死んだことに、なかなか慣れなかった。慣れたのは、つい最近だ」

ロレンツォの遠い視線の先に、ジュリオがいる。


宴会は、まだまだお開きになる気配はない。

ジュリオのこの人なつっこさは、誰からも愛されたという亡父ジュリアーノ譲《ゆず》りなのだろうか。いつのまにかリフィアのすぐそばに座って、にこにこと男たちの踊りに手拍子をあわせている。ミケルのことは目の敵にする男たちも、このジュリオには敵意の抱きようがないらしく、みんななんとも楽しそうだ。

ロレンツォの視線を感じて、ジュリオがこちらに戻ってきた。

「なあにロレンツォ」

ロレンツォは、ジュリオを優しく見つめた。ジュリオに対するときだけ、微妙に物言いが変わる。

「ジュリオ、明日、わたしといっしょにフィレンツェに戻ろう」

「急だね。どうして？」

「だって、先生がたが待ってるじゃないか。ひとりはここで酔いつぶれているがね」

ポリツィアーノが、肘掛《ひじか》け椅子《いす》で船を漕《こ》いでいる。

ジュリオは小さくため息をついた。

「じゃあ、リフィアもいっしょに連れてってていい？」

「だめだ。昨日あれほど説明しただろう。リフィアのことは、ピエロ（ロレンツォの長男）たちにも黙っていてくれ。表に出したくないんだ」

「でもここに置いといたら、政略結婚で持っていかれないかわりに、ミケルとどうにかなっちゃうよ？」

なっちゃうのか？　とロレンツォに胡乱《うろん》げににらまれ、ミケルはぐっと返答につまった。

なれるものならなってみたいが、前途は暗い。

かわりにジュリオが答えてやった。

立ったまま、かわいい口で、ウサギのもも肉をかじりながら。

「まあ、そんなに簡単にはならないと思うけどね。なんてったって、ミケルが恋しているのは、この僕なんだから」

ミケルは一瞬絶句した。ロレンツォの前で、なにを言い出すんだ。

「おれは、おまえのことなんか、なんとも思ってないぞ」

ほらね、とジュリオはロレンツォに説明した。

「こんなふうに素直じゃないのが、ミケルのかわいいところなんだ。最初は本当に嫌《きら》われてるのかと思っちゃったけど、だいじょうぶ。もう慣れたよ」

ミケルは憤然《ふんぜん》と椅子《いす》に身体《からだ》をあずけた。あまりにかっかして、返すことばが出ない。

（おれは、ジュリオのことなんか、なんとも思っていないぞ。おれはただ、こいつの美貌《びぼう》を、ちゃんと描《か》きあらわして、自分のものにしたいだけだ）

肉のおいしいところだけつまみぐいしていたジュリオは、ナプキンで手を拭《ふ》くと、踊りの輪の中にいた男装のリフィアに、そのナプキンをひらひらと振った。

「かっこいいなあリフィア」

気づいたリフィアは笑いながらジュリオに会釈を返したが、ジュリオの隣にいたミケルのことは、きれいに無視している。

ミケルはいい加減腹が立って仕方なかった。リフィアにもジュリオにも腹が立つが、ロレンツォにも腹が立つ。毎度のことながら、いかにもジュリオに甘い。ミケルの父ならげんこつを飛ばすところだ。なんでもっとびしっと言ってやらないのだろう。

ジュリオの指先が、ロレンツォの皿から好きなチーズ《フォルマッジョ》だけぽいぽいとえり分けている。

「フィレンツェに帰らなくていいのか？」

ジュリオはむっと顔を上げた。

「リフィアと二人きりになりたいわけ？」

「そうじゃない。おまえにだって、メディチ家のメンバーの中での立場ってものがあるだろう。それを考えろって言ってるんだ。高名な先生がたを待たせておいて、こんなところでぶらぶら遊んでる場合じゃない。小さなジュリアーノ（ロレンツォの三男。ジュリオより一歳年下）だって、あんなにせっせといろんな勉強をしてるじゃないか」

言いながら、ミケルは変な気持ちがした。なんだかこれって、昔父親がミケルを叱《しか》った台詞《せりふ》によく似てないか？

するとジュリオは、急に醒《さ》めた目になった。

「間違っちゃ困るよミケル」

たじろぐミケル。

「なに？」

「ジュリアーノはね」

と、ジュリオはその柳腰を、がっちりとした木製テーブルに軽くもたれさせた。そして両手をその脇《わき》にそえると、ミケルを正面から見すえる格好になった。

「小さなジュリアーノは、三男坊とはいえ、メディチ本家のれっきとした御曹司《おんぞうし》だ。ロレンツォ豪華《イル・マニフィーコ》王を継ごうっていうんだから、兄弟三人力を合わせたって大変だよ。苦労も多いさ。当然だろ？　でも、僕は違う。いくらロレンツォが溺愛《できあい》してくれたって、しょせん僕はロレンツォの甥《おい》っ子《こ》にすぎないし、なんてったって庶子《しょし》だもの。ロレンツォの死んだ弟の庶子。ね？　気楽なもんさ。きっと将来はメディチ家を離れて、どっかの街の司《し》教《きょう》さまにでもなって、のほほんと暮らすんだ」

ねぇロレンツォ？　と、ジュリオは甘えたようすで相づちを求めた。

ロレンツォは、やむなくうなずいた。

「まあ、もうちょっとほかにも選択肢はあるだろうが、ジュリオがそうしたいというなら、そういうことになるだろうな」

ミケルはもう我慢できない。

「あなたほどのひとが、なんだってそんなにジュリオにだけ甘いんです」

まあまあ、と、なだめるジュリオ。

「仕方ないさ。いまさら僕に厳しくできっこない。ジュリアーノの忘れ形見だからって、思い切り甘やかしてきたんだもの」

「それもある」

と、ロレンツォはジュリオの頭をおさえこんだ。

「が、はっきりいって、いちばん問題なのはこの頭なんだ。ジュリオは勉強が苦手だろう？」

「じっと座らされるのがいやなだけだ」

「これだもの。小さなジュリアーノの頭はけなげなほど勉強に耐えうるのに、おまえのおつむときたらどうも軟弱だ。本来の身分からいえば、どこか外国の大使にでもなるのが順当なんだが、これじゃ複雑な外交交渉は、とてもつとまらんだろう。親善大使としては、いうことないんだがな」

「やだね政治なんて」

ジュリオはすっとテーブルから離れた。

「気むずかしいのはごめんだよ」

と、うふっと笑ってみせる。

つまりジュリオは、誰をも魅惑してやまない例の笑顔になったのだった。天下無敵の天使の笑顔である。これにはミケルも太刀打《たちう》ちできない。

(好きにしろ)

自分の将来について、このときジュリオは、とにかく気楽に構えていた。幸せなことに、悩んだことさえないのだろう。一日二十四時間悩めるミケルとしては、うらやましいくらいだ。

だが、ロレンツォでさえ、ジュリオがこの先たどる運命を、ほんの少しも先読みすることはできなかった。

ジュリオはこののち、誰ひとりとして想像しなかった波乱の運命をたどることになる。

「フィレンツェには帰らないよ」

ジュリオは、今度は固焼きビスケットをワインにひたし、かわいい口にほうりこんでいった。細身の割に、おいしいものだけ意地汚く食べ続け、それでもぜったいに太らないい得な体質のひとりである。

「だいたい、僕がメディチ宮に住んでること自体が、そもそもおかしいんだ」

ちょっと意表をついたこの発言に、ミケルもロレンツォも首をかしげた。

「どうして」

「だって、そうじゃない。もし暗殺されなかったら、父さんのジュリアーノもロレンツォみたいにローマかどっかの名家のお嬢さまと結婚して、子どもが産まれてたはずでしょ？　そうなれば、ただの恋人に産ませた僕みたいな庶子《しょし》が、堂々とメディチ宮に住むなんてことはありえなかった」

ミケルはいたく感心した。

「おまえって、なんにも考えてないようで、じつはいろんなことを考えているんだなあ」

「ミケルの大まぬけ。悩んでるのが自分だけだと思ったら大間違いだ」

ジュリオはビスケットをかじる手を止めた。

「もし父さんが生きてたらなあって、よく思うけど、もし父さんが生きてたら、僕の居場所はなかったんだ。きっと、修道院かどっかに追いだされてた。実際、僕が生まれることだって、どう思ってたかわからない。結婚する気もない恋人との間に、間違ってできちゃった子だもんね」

ミケルは不快だった。

「そういう考え方は、やめたほうがいい」

「なんでさ。あ、ひょっとしたら僕も、インノチェンティ行きだったかもしれないな」

「よせって。リフィアが聞いたら気を悪くする」

「なぜ？」

と、ミケルのすぐ後ろで落ち着いた声がした。

すらりとした男服を着こなしたリフィアが、腕を組んで立っている。

「遠慮しないで、もっと大きな声でインノチェンティの話をすればいい。あそこはたしかに幸せな場所じゃないけど、もしインノチェンティがなければ、フィレンツェの要《い》らない赤ん坊はみんな裸でアルノ川に投げ捨てられているわ。親に恵まれなかった子どもにとって、インノチェンティは、ぜったいに必要な場所なの——このお皿、もらってくからね」

と、リフィアはチーズやサラミの盛り合わせがのった、テーブル一大きな銀の角皿を、両手でよいしょと抱えあげた。みんな青くなった。

「だいじょうぶか？」

獅子脚のついた、そうとう重い皿だ。どうやらあっちの盛り上がっているテーブルに持ちさろうというのだろう。

「それにね、私は、誰にも腹を立てない」

リフィアはついでに、そこにあった高級葡萄酒《ぶどうしゅ》の瓶《びん》も何本か持っていこうとして身体《からだ》をかたむけた。

「ひとが何言ったって、それがそのひとの考え方なんだなあと思って、受け流すだけ。インノチェンティでそれを覚えてからは、ずいぶん楽になった。だって、私を幸せな気分にしてくれないからって、ひとをかたっぱしから恨《うら》んだらきりがないでしょう？　誰だってみんな、自分が生きるのに精一杯だものね。ミケルだってそうでしょう？　自分のことで精一杯でしょう？　私の全部になんか、かまってられないものね」

両手に抱えた皿が大きすぎて死角となり、二本目の瓶《びん》がうまく手探りでとれない。

「期待しちゃいけないのよ。インノチェンティで身につけたの。結局、自分のことは、自分で全部片をつけなきゃいけない。ほかのものには、いっさい期待しない。そうすれば、なにをされたって、裏切られたと思わなくてすむ。腹も立たない」

ロレンツォは心配そうだ。

「それにしちゃあおまえは、ひどく不機嫌《ふきげん》そうだが？」

「腹が立つのはね、自分が不甲斐《ふがい》ないからよ」

リフィアはよいしょと大皿を抱えなおした。

「私、どうかしてるの。こんな自分に腹が立ってしょうがないの。だって、インノチェンティにいたころは――」

「いい加減にしろよ？」

ミケルがそこでリフィアの台詞《せりふ》を押さえ込んだ。

気負って立ち上がったりはしない。腕を組み、脚を開いて座ったままだ。

「インノチェンティ、インノチェンティって、いったいなんなんだよ。インノチェンティで身につけたことは、そんなに偉いのか？　そのころの気持ちのまんま、これからもずっと生きてくつもりか」

「だったらどうだっていうの」

「おもしろくない。不愉快だ。なんでいつまでもインノチェンティのままなんだよ。なんで変わっちゃいけないんだ」

リフィアは答えに窮《きゆう》した。

「だって、私は――」

「『だって』はよせ。インノチェンティを引きずるのはいい加減にしろ」

かなり一方的な叱《しか》りかたになった。容赦のないミケルの態度に、リフィアはなにも言い返せずに、身体《からだ》を震わせた。瞳《ひとみ》が潤《うる》むのが、いちばん離れていたロレンツォにもわかった。

ロレンツォは驚いた。ロレンツォの知っている、あのしっかりもののリフィアはどこにいったのだろう。

悔しかったのではない。あきらかに怯《おび》えている。

きっとミケルに嫌《きら》われることが、怖いのに違いない。

(あわれ、恋する娘よ——そんなにこの朴念仁《ぼくねんじん》が好きになったか)

リフィアの手から葡萄酒《ぶどうしゅ》の瓶《びん》が一本床に落ちたと同時に、いきなりミケルは横からつきとばされた。

わ、と仰天《ぎょうてん》したミケルを押し倒し、そのまま馬乗りになったジュリオは、ミケルの襟《えり》首《くび》をつかんだ。

「リフィアをいじめるな」

敵意むき出しのジュリオは、まるで追いつめられた野生動物のように、ミケルに捨て身の攻撃をしかけてきたのだった。跳ね飛ばすのは簡単だったが、ミケルは驚いたあまりにぼうぜんと横たわり、手で防御することさえ忘れた。

ジュリオの中に、これほど熱く激しい怒りの感情が存在したなんて。

「ジュリオ?」

ミケルに名を呼ばれたジュリオは、すぐに、自分のしていることの異常さに気づいた。

「あ、ごめん」

ミケルに馬乗りになっているうえに、ふと見ると、振り上げた右腕には、リフィアが夢中でしがみついている。

チーズやサラミが、そこらじゅうに散らばっていた。なんとリフィアは、あの大皿を放《ほう》り出《だ》して止めに入ったらしい。

またたくまに冷めたジュリオは、自分にうろたえた。

「ミケル、ごめん――リフィア、もういい。殴《なぐ》らないから、手を放して」

リフィアが腕を放し、ほっとして力が抜けたのか、その場にぺたりとひざをついた。

なんだなんだと、大広間は騒然とした。ジュリオは、振り上げていた自分の手を見て、ますます目をぱちくりさせた。

「リフィアが止めてくれなかったら、殴ってたところだったのかな。そんなつもりはぜんぜんなかったのに」

「わかってるから、そこをどけよ」

あわててミケルの胸の上から立ち上がったジュリオは、まだ合点がいかないようだった。ミケルがようやく起きあがるのに手をかしながら尋ねた。

「僕、いま変だったたね」

「かなりな」

「どうかしてたんだ。嫌《きら》いにならないでよね」

「これくらいで嫌いになれるようなら、もうとっくに嫌いになって、さっぱりしてるよ」

それより、と、ミケルはリフィアを振り向いた。

リフィアは、その場にひざをついて座り込んだまま、ミケルを見上げた。

「いいかリフィア、喧嘩《けんか》がはじまったら、割って入ったらだめだ。あぶないじゃないか。それともなにか？　まさかそれも、インノチェンティ仕込みだっていうのか？」

「だって——」

「だってじゃない」

リフィアはむっとした。

「だって、ミケルが」

「『だって』はよせ。おまえはいつもそうやって物事を言いくるめようとする。自分の気持ちまで『だって』で言いくるめてしまって、どうする——」

痛ぇ、と、ミケルは顔をしかめた。

「どうしたの？」

「いや、さっきばたばたしたとき、手が——おかしいな。誰か踏んづけたか？」

リフィアは小さな悲鳴を飲みこんだ。ジュリオを止めに入ろうとして思わずずり落としたあの銀皿はとても重たかったたし、そのうえたいそうな獅子脚までついていた。大丈夫《だいじょうぶ》かと、案じる二人にはさまれ、ミケルは一生懸命強がった。

「たいしたことないさ。たかが皿の一枚や二枚でどうにかなるはずない」

だがその口調は、どこか空々しい。

どうやら右手の親指の関節が、自由に曲がらないらしい。

ミケルはリフィアに言った。

「とにかく、つまんないから、もうやめとけよ――いつまで自分の心を、インノチェンティに閉じこめておくつもりだ」

「獅子《しし》に指をかまれた」

と、ミケルは冗談《じょうだん》めかして強がった。

皿を放《ほう》り出《だ》して止めに入ったリフィアは、しょげきっている。

「なんで私の足の上に落ちなかったんだろう」

ジュリオはふむふむと患部《かんぶ》を観察する。

「これなら、僕に殴《なぐ》られてたほうが、痛手は少なかったね」

よほど当たりどころが悪かったとみえて、その夜、ミケルはフォークももてなくなってしまった。右手の親指の第一関節が青黒く腫《は》れ上《あ》がり、熱をもっている。

これには、ロレンツォが青くなった。なにしろミケルの利き手である。生肉をあてて熱をすいとるのが一番と、使用人に命じてわざわざ山羊《やぎ》を一頭おろさせたほどだ。

だが、ミケルには、山羊肉独特の臭《にお》いがたまらない。

「いやだよ。勘弁してくれ」

居間のソファに横たわったミケルは、激痛を我慢しながら、生肉を振り落とした。左手で払いのけるのもいやらしい。

リフィアは、ミケルがけがした責任を感じている。一刻も早くなおしてあげたいから、このミケルのわがままに腹を立てた。

「ちゃんとあててなきゃだめ」

「だって」

「『だって』はよせって自分で言ったでしょう？　大丈夫《だいじょうぶ》、腐ってなんかない。ロレンツォがいって、たった今さばいたばかりなんだから」

「それでも臭《くさ》い。腐ってきたらますます臭い」

「臭いでしょうよ。だからなんだっていうのよ。人は臭さでは死なない」

べたべたと肘《ひじ》の上まで生肉を貼りつけられ、ミケルはぐうの音も出ない。

ジュリオがしきりに可笑《おか》しがった。

「ミケルは、においに弱いんだよ」

肉臭に限らず、ミケルはにおいにことのほか敏感で、そしてとことん弱かった。きついにおいに取り囲まれるのが耐えられないたちなのだ。せっけんを使うと頭痛がするし、メディチ家の秘宝である東洋の香木の部屋から息も絶え絶えになって逃げ出したこともある。料理なんかちっとも知らないし、ちっともおいしがらないくせに、料理につかわれた香草をかぎ当てては、料理人に嫌《きら》われるのが得意だった。

じつは、板絵を接着する膠《にかわ》（チーズや動物の皮が原料）のにおいも苦手だ。あれさえなければ、もっと積極的にテンペラ絵にも挑戦していたかもしれない。

「おまえら、なんでこのにおいが平気なんだ」

ミケルは頭から毛布をかぶって、指の痛みと、山羊《やぎ》の生肉のにおいに耐《た》えている。

この気むずかしい怪我人《けがにん》を、それでも甲斐甲斐《かいがい》しく介抱するリフィアを見ているうちに、ロレンツォはますますリフィアがかわいそうになった。

「なるほど、少なくとも鼻は、敏感なわけだな。恋する少女の涙には、あんなにも鈍感なくせに」

ややあってから、ミケルがそっと顔を出した。

「誰が泣いてたって？」

どうやらさっきリフィアの目が潤《うる》んでいたことに、目の前にいながら気づかなかったらしい。

（いったいどういう目をしてるんだ。この小さな巨匠《きよしよう》は）

呆《あき》れたロレンツォは、この際、ミケルを無視してリフィアとだけ話を進めることにした。

「ミケルに言われたことが、そんなに悲しかったのかね」

リフィアは苦笑した。

「言われたことじゃなくて、あの言い方だろうな」

「きつかったから？」

「そうでもなかったのにね。インノチェンティにいたころは――」

あ、また言っちゃった、とばかりに、リフィアは小さな肩をすくめた。

「これが、ミケルのかんにさわるんだろうな――ほんと、そう。もういい加減に、インノチェンティにいたころのことは、ふっきらなきゃね」

うむ、と、ミケルが神妙な顔でうなずいた時だった。

「どうして？」

突然横から、ジュリオが異議を唱えてきた。

「ねえ、どうしてさ。わからないよ。どうしてリフィアがインノチェンティのことをふっきらなきゃいけないの？」

まるで、まわりには他に誰もいないかのように、ジュリオはリフィアだけに向かって話しかけた。

「だってそうだろ？　インノチェンティにいたころのリフィアがいるから、いまのリフィアがいるんじゃないか。いまのリフィアはとっても素敵だ。僕はいまのリフィアが大好きだ。そばにいるとほっとする。ずっといっしょにいたい」

手をとられたリフィアは、真っ赤になった。

「ジュリオ」

「偏屈《へんくつ》ミケルの言うことなんか、聞くことないさ。無理してふっきることなんかない。自然にふっきれるのを待ったらいい。無理しちゃだめだ。無理しちゃだめだよ。なんやかんや言ったってミケルには親兄弟がいる。でも、僕らにはいないんだ。無理をしすぎてへこたれたって、誰も——」

思いあまったジュリオはリフィアを引き寄せ、胸に抱きしめた。そしてロレンツォとミケルにむかい、改めて宣言した。

「僕は、リフィアと結婚するからね」

きっぱりとした語尾が、かなり男らしい。

またまたそんなことを——と、ミケルは嘆息《たんそく》し、ジュリオの腕をもがきでたリフィアも、申し訳なさそうに、小首をかしげた。

「ねえそれ、困る」

「どうして」

「だって、まだそんな年じゃないし、それに——」

「ミケルのことが好きだから？」

リフィアはまたまた赤くなった。わかりやすい少女である。

だからといって、ジュリオは簡単には引き下がらない。

「でも、ミケルとは、昨日から喧嘩《けんか》ばかりしてるじゃないか。僕といるときのほうが、ずっと楽しそうだよ？」

まったくジュリオの言うとおりだったので、リフィアは反論できなかった。ジュリオといるほうが、はるかにほっとできる。ジュリオの言うことばのほうが、はるかにすんなりと耳から入ってくる。

いまだって、けっしていやだったからジュリオの手から抜け出たわけではない。リフィアは奇妙でならなかった。いったい、好きという感情と、いっしょにいてほっとできるかどうかということは、まったく別の問題なのだろうか。

ジュリオはさかんに誘う。

「僕といっしょにいようよ。ね、結婚の約束をしよう？　僕たち、絶対いっしょにいたほうがいいんだ。ね、そうしようよ」

思わずぐっと考え込んでしまったリフィアをまのあたりにして、さすがのミケルも落ち着かなくなった。多少焦《あせ》りの色を浮かべながら、リフィアをかばって言った。

「よせよジュリオ、結婚結婚って、そんなにすぐ結論が出せるわけないじゃないか。女の子なんだから」

「ミケルは黙ってろ」

「なんだと」

「うるさいな」

ジュリオはミケルをにらみつけた。

まっすぐな瞳《ひとみ》が、澄《す》んだ星をひとつ宿している。

「だってミケル。ミケルはなんにもわかってないよ。いくら内面を表したいからって、ちょっと深読みしすぎだ。リフィアの顔の上にかいてある気持ちが、ちっとも見えてないじゃないか」

(見えてない)

ジュリオがずばりと指摘したそのことばは、ミケルにとって、なによりおそろしいことばだった。頭をがんと殴《なぐ》られたような衝撃をうけたミケルがぼうぜんとするのを見て、やおらリフィアが言った。

「ね、もうやめよう」

リフィアは顔を上げ、きっぱりと言った。

「どうしたらいいかわからなくてうじうじするなんて、絶対にいや。だから私、今日の昼、結論を出したの。きっとまだ私、誰かと恋愛できるほど成長していないのよ。だからほら、当分は私のことを、女だと思わないでほしい」

「関係ないな」

ジュリオはさらりと受け流した。

「男だろうが女だろうが関係ない。リフィアはリフィアじゃないか」

「待ちなさい」

そこに、ロレンツォが割って入った。


しばらく沈黙していたロレンツォがなにを言いだすのかと、三人は注目した。ロレンツォは、三人の顔を見比べながら、あることを尋ねた。

声が、やや低い。

「きっとおまえたちは、迷信なんか、信じないだろうね」

唐突な問いかけだった。三人はきょとんとした。

「迷信って、どんな」

ロレンツォは、悪い考えでも振り払おうとするかのように、頭を横に振った。

「いやに冷え込んできたな」

顔を上げ、からりとリフィアに言った。

「なあリフィア、わたしがかわりに結論を出してあげよう。おまえはいままでどおり、ミケルのモデルになってあげなさい。とりあえずしばらくは、その手の看病をしてやってくれないか」

　リフィアが首をかしげた。

「もちろんするけれど――どういうこと？」

「一昨日までの生活に戻るのさ。わたしとジュリオは、いまからフィレンツェに戻る」

　三人は耳を疑った。

「いまからって？」

「そうだジュリオ、いますぐに発《た》つぞ」

「だって、夜だ」

「寒い夜道を歩けとは言わん。馬車を用意させるさ」

　言い終わる前にもう立ち上がっていたロレンツォは、ドアの外に顔を出してひとを呼び、てきぱきと指示を出した。もちろん、一国の指導者であるロレンツォには、よくこうした急展開がある。用意はなされており、準備は驚くほどすぐに調《ととの》った。

　ロレンツォはジュリオの首根っこをつかみ、うむをいわせず立ち上がらせた。

　かなり強硬な態度である。

「ミケルの手のことが気がかりだがな、行くとしよう。頼んだよリフィア。ポリツィアーノが酔いからさめたらよろしく言っておいてくれ」

　ジュリオはロレンツォの手を振り払った。

「いやだよ。フィレンツェになんか帰らない」

するとロレンツォは、迷うことなく隣の部屋の男たちを呼び入れて指示した。

「逃げ出さないように、その子を左右から捕まえるんだ。すばしっこいからよく気をつけて、そのまま馬車に押し込んでくれ」

うそだろ、とジュリオが目を丸くしているうちに、ジュリオの両腕は左右からがっちりと捕まえられてしまい、そのまま部屋からひきずり出されてしまった。

これはあんまりだと思ったミケルが、腕から肉をはがして立ち上がった。

「お館《やかた》様」

「邪魔したなミケル。ゆっくり養生しておくれ。またすぐにようすを見に来るよ。おお、なんて寒さだ」

上着を着ながら、ロレンツォは部屋を出ていき、扉《とびら》が閉められた。

部屋には、ミケルとリフィアだけが残された。

ミケルには、合点がいかなかった。あまりにもロレンツォらしくない、乱暴で武骨なやり方である。

「どういうことだ？」

リフィアが、ふっとため息をついた。

「当然じゃない。ちょっと考えれば、誰にだってわかる」

「なにが」

「身分が違う」

リフィアは床に落ちた肉を拾いあげた。

「いくらロレンツォが理解があるっていっても、メディチ本家の血を引く大切な甥《おい》っ子《こ》を、どこの馬の骨だかわからない女と、いっしょにさせるわけにはいかないもの」

「おまえのことか？」

「そうよ、文句ある？」

リフィアはミケルを椅子《いす》に座らせると、ぺたぺたと肉を右手に貼りつけなおした。

「いいのよ。ロレンツォを困らせるわけにはいかない。フィレンツェに戻れば、ジュリオの頭も冷える。熱が冷めたら、きっと私のことも忘れる――それでいいじゃない」

しかし、ふと、昨日今日のどたばたを思い出したリフィアは、思わず目を細めた。

「おかしなひとだったなあ」

ミケルの気持ちは、ひどく複雑だった。

「ほんとにこれでいいのかな。おまえ、後をひくんじゃないか？」

「まさか。私、こんなにさっぱりしたあきらめのいい女は、イタリアじゅうどこを探してもいないって、ロレンツォに呆《あき》れられたことがあるのよ」

「そう？」

「そう」

　きっぱりうなずきながらも、やはりどこかさびしい気持ちを隠しきれないリフィアに、ミケルはそれ以上、なにも言ってやることができない。

　一方のジュリオは、もうかんかんである。

　ずるずると廊下を引きずられながら、ロレンツォに抗議し続けた。

「なんだよこの不細工《ぶさいく》なやり方は。なに企《たく》らんでるんだよロレンツォ。僕を、誰かと政略結婚させようたって、そうはいかないからね。いくらメディチ家のメンバーだからって、会ったこともない女となんか、誰が結婚するもんか。僕を政治の道具にしたら、絶対許さない！」

「それだけか？」

　ロレンツォは、かじかんだ手に息をあて、温めようとした。

「ジュリオ。わたしはおまえが大事だ。誰よりもおまえを愛している。おまえには絶対に幸せになってほしい」

「だったら、リフィアといっしょにいさせてよ。身分なんて関係ないじゃない。なんだよ、いつもは恋だの愛だの楽しそうに自慢しといて、僕たちにはなんにも自由にやらせてくれないつもりなの？」

　ロレンツォは、歩き続けたまま、答えない。

ジュリオは一転して泣きついてみることにした。

「ねえお願いだよロレンツォ。腕が痛いんだ。もうこんな乱暴はしないで」

「だめだ」

その口調は、ジュリオがかつて聞いたことがないほど、厳しかった。

「もう、リフィアのことは、忘れなさい。もしおまえがリフィアにこれ以上かかわろうとするなら、仕方ない。リフィアはどこかの修道院に入れることにする」

なんと、尼僧《にそう》にするというのか。

ジュリオは真っ青になった。

生まれてはじめて、ロレンツォの怖さを垣間見《かいまみ》たような気がした。政治的な理由が絡んでくるから、そこまでしようとするのだろうか。

「いったいどうしてなの」

「言っただろう。おまえに幸せになってほしいからだ」

「でもそこまでするなんて、わけがわからないよ」

「わからなくていい。いつか——」

ロレンツォの声が、突然くぐもった。

「おまえが、この別荘に現れたのが、そもそも、間違いだった。誰にも——」

ふらりと壁に手をついたロレンツォは、そのまま支えきれずに、大理石の床にひざから崩れ落ちた。

「どうしたのロレンツォ？」

ジュリオは自分の目を疑い、悲鳴を上げた。

「ロレンツォ？」

ロレンツォが、身動きできないほど苦しんでいた。ロレンツォが、このまま死ぬ――？

ジュリオがそれまで生きてきた世界が、根底から揺らぎ、ジュリオの心臓をもしめあげた。ロレンツォが、死ぬ？


「動かさないで」

知らせを聞いて駆けつけたリフィアは、動転してロレンツォにしがみついたままのジュリオをぴしりと叱《しか》りつけた。ロレンツォの上着の前をゆるめながら、ジュリオを連行していた男たちにきびきびと指示した。

「離れの先生を呼んできて。ミケルは毛布を――身体《からだ》を冷やしちゃいけない。それから、安楽椅子《いす》をここに運んで――ロレンツォ、目を開けて、目を開けて私を見て。私がわかる？」

ロレンツォは苦しい息遣《いきづか》いの下で、まいったよといわんばかりに、愛《いと》しいリフィアに微《ほほ》笑《え》んでみせた。顔は真っ青だったが、どうやら意識ははっきりしているようだ。

現れた老ムーア人は、驚くほどあごひげが長かった。まっさきに頸動脈《けいどうみゃく》に触れた。

「心の臓だ。かなりまいってる。暖かい部屋にそっと運んで」

運ばれてきた安楽椅子《いす》にみんなでそっとロレンツォを横たえると、その椅子ごと暖かい部屋に運び込んだ。ムーア人の医師が、かかえてきた薬箱を開いた。

ミケルはリフィアにささやいた。

「フィレンツェから医師を呼ぼう」

「その必要はない」

「でも、このムーア人にまかせておいていいのか」

リフィアはうなずいた。

「ロレンツォは、誰よりこの先生を信頼してるの。先生に診《み》てもらうために、わざわざここを訪れてるようなものよ。スルタン付きの医学者だったのが、亡命してきて――」

「ほんと？」

ミケルはあらためてムーア人医師の手元をのぞきこんだ。

医師は、慎重に薬を口にたらしながら、心臓の音を筒をあてて聞いたり、手足の温かさを確かめている。

ミケルは、首をかしげた。

「瀉血《しゃけつ》は、しないんですか？」

「とんでもないよ君、ロレンツォを殺すつもりか」

ミケルはこのとき、はじめてムーア人の先端医学というものを見たのだった。中世西洋医学なら、間違いなく上腕あたりの血管を切り開いて、悪い血を抜き取る瀉血をおこなうところだ。

しばらくして、医師はロレンツォに尋ねた。

「気分はどうですロレンツォ。まだ動悸《どうき》がしますか」

ロレンツォは、静かに目を開いた。

「いや、ずいぶん楽になったな」

「薬が効いてきましたな。寒気《さむけ》はどうです」

「おさまった」

やれやれ、と老医師がうなずいた。

「どうやら、大事に至ることはないでしょうが、しばらくは安静が必要ですぞ」

ロレンツォは笑った。

「まだまだ死なせてもらえんようだなあ」

そのとたん、糸が切れたかのように、リフィアが嗚咽《おえつ》をもらした。

「リフィア」

こみあげるものをおさえられず、顔を伏せたリフィアの頭に、ロレンツォが手を置いた。やはり、誰よりもリフィアを愛してくれるのは、ロレンツォだった。ロレンツォあってのリフィアだった。ロレンツォがここに引き取ってくれなければ、リフィアは今ごろ、どこでどうしていたことか、わからない。

ムーア人の医師が、静かに言った。

「これこれリフィア、泣くでないよ。ロレンツォに心労を与えちゃいかん。それともなにか、ロレンツォを案じさせるようなことがあったのかな？」

リフィアは顔を上げると、ジュリオを捜した。

ジュリオは、部屋のすみの薄暗がりに、張り付くように立ちすくんでいる。

「帰って」

ジュリオが打たれたかのように身体《からだ》を震わせた。そのまま泣き出しそうなジュリオに、リフィアがさらに重ねて言った。

「フィレンツェに帰ってよ」

ロレンツォが倒れるというこの事態に、いちばん衝撃を受けているのがジュリオだということは、誰の目にも明らかだった。自分を愛してくれる人を、突然失う恐怖に、ジュリオはおののいていた。

ロレンツォは呼んだ。

「おいでジュリオ」

ジュリオは、壁に張り付いたまま、動けない。

ロレンツォは優しく目を細めた。

「ジュリオ、ここにおいで――もう大丈夫《だいじょうぶ》だ。驚かせてすまなかった。顔をよく見せておくれ」

するとようやくジュリオは、ロレンツォの枕元《まくらもと》にそっとひざまずいた。

消え入りそうな声で、謝った。

「ごめんなさい」

涙があふれた。ジュリオはロレンツォに懺悔《ざんげ》し、懇願《こんがん》した。

「ごめんなさいロレンツォ――もうわがままは言わないよ。ごめんよロレンツォ。元気になってよ」

ロレンツォは可笑《おか》しそうに、ジュリオの頭を抱き寄せ、リフィアとミケルの顔をつくづくと見た。

「みんな、なんて顔をしてるんだ。頼りない子どもたちよ――こんなおまえたちを残して、わたしがどこかへ行けると思うかい？」

ちょっと前に駆けつけていたポリツィアーノも、青ざめた顔で言った。

「もちろん、どこにも行けないさロレンツォ。この子たちはもちろん、フィレンツェにもイタリアにも、まだまだ君が必要だ」

「フィレンツェやイタリアのことなら、誰かがどうにかするさ」

そう言うとロレンツォは、リフィアに手をさしのべ、やや疲れたようすで言った。

「だが、このリフィアとジュリオの二人には、かわいそうに、他によるべがないんだ。まだたったの十二だ。わたしが面倒見てやらなければ、どうにもならない。それにミケルだ。わたしはこの未熟な才能を、神から預かった。育ててやらねばならない。この三人の子どもたちを残して、誰が死ねるものか」

リフィアに苦笑した。

「こうなったら、死んだ気になって、朝鮮《アーティチョーク》あざみのスープでも飲むかな」

泣き顔だったリフィアが、くしゃくしゃな笑顔になった。

「苦手なくせに。無理しないで」

「無理もするさ」

ロレンツォは静かに目を閉じた。

「死ねない理由があるんだ。おまえたちという、理由がな」

翌朝、ミケルが目を覚ますと、外は冷たい雨がそぼふっていた。

すでにジュリオは、別邸にいなかった。まだ暗いうちにひとりでフィレンツェに向け、馬で発《た》ったという。

三

レオナルドがおもしろがった。

「どうした坊や。よほど怖い目にあったようだな。描《か》いてもいいかね？」

ジュリオは強がる気にもなれなかった。

「脱がないよ。雨に当たって風邪気味《かぜぎみ》なんだ」

「今日はいい。今日はそのしょぼくれた顔を描きたい」

「勝手にしろよ」

腰掛けたレオナルドは、さっそく右手でノートを支え、左手の細いチョークでジュリオをデッサンしはじめた。あいかわらず優雅な手つきである。ミケルとは大違いだ。

チョークがなめらかに走り出す音を聞いて、ジュリオはつぶやいた。

「ロレンツォが、僕の目の前で倒れたんだ」

レオナルドはうなずいた。

「聞いたよ。しばらく前から面相が思わしくなかったが、どうやら無理したようだな」

「調子が悪いの、気づいてたの？」

ジュリオは、自分のうかつさが情けなかった。

「僕は、ぜんぜん気がつかなかった。毎日そばにいたのに」

「毎日そばにいるから、かえって気がつかないことだってあるさ。それに、私は十代のころのやんちゃなロレンツォだって知ってる。最近のロレンツォは、変に疲れたようすだった。ぐっと痩《や》せたしな」

ジュリオはすっかりしょげてしまった。

(僕は、本当にばかだ)

とにかく、ロレンツォにこれ以上、心労をかけるわけにはいかなかった。二度と、リフィアに会うつもりはない。

今回のことで、ジュリオは思い知らされた。どんなに自分がロレンツォを愛しているか、どんなにロレンツォを必要としているか、はじめて知ったのだ。それまでロレンツォは、そばにいて当然、ジュリオを愛してくれて当然だった。いや、改めてそんなことを思ったことさえなかった。ロレンツォはまるで空気のように、ジュリオの世界を愛情で満たしてくれ、ジュリオはそのことを感謝したことはおろか、意識したことさえなかったのだ。

そのロレンツォが、目の前で倒れ、ジュリオは愕然《がくぜん》とさせられた。

ジュリオの世界が、こんなにももろく脆弱《ぜいじゃく》なものだったとは。

「生きていくのが、怖いと思ったことはない？」

レオナルドは笑う。

「変な坊やだな。普通は、生ではなく、死を怖がるものだ」

「そりゃ、死ぬのも怖いけどさ」

「あれもこれも怖がってどうする。遅かれ早かれみんな死ぬ。死ほど万民平等におとずれるものはない。生きるのも死ぬのも怖がることなどない」

訊《き》いた自分がばかだったと、ジュリオはますます気落ちした。

「あなたに怖いものなんかあるはずなかったな」

「あるさ」

「母親とか？」

「NO《ノ》、私に母はない」

にこりともしないで、レオナルドは言った。

「私が怖いのはね、美をうつろわせる時の流れだ。時の流れほど、おそろしいものはない。情け容赦《ようしゃ》のないあのやりかたには、どうしたってかなわない。だからこうしてせっせとおまえを描《か》いている。これは、時の流れに対する、私のささやかな抵抗だ」

「僕が大人になるのが、いやなの？」

「いやだね。いまのおまえの美しさは格別だ。子どもがもつ無垢《むく》な美でもなければ、女性美でもないし、むろん男性美でもない。成人前のジュリオ・デ・メディチだけがもつあやうくてはかない美しさを、失いたくはない。できるものならいますぐここで、おまえの成長を止めたいくらいだ」

ジュリオは思わずレオナルドを見つめた。

「僕を、殺したいってこと？」

「そうだよ。私はいつもそのことを考えている」

レオナルドは描《か》く手を休めずに答えた。

「屍《しかばね》を永遠に朽《く》ちさせない魔法を見いだしたら、ぜひ試させてほしいね」

「トルコのスルタンにでも訊《き》けば？」

もう、勝手にしろとばかりに椅子《いす》の背にひっくり返ってふてくされたジュリオを見て、レオナルドはまた愉快そうに笑うのだった。

「そんなふうになげやりなおまえも、ぞくぞくするほど魅力的だ。なげやりに生きてみるかい？　生への恐ろしさをごまかすには、ちょうどいいかもしれない」

「どんなふうに生きようが、なんにも変わりはしないよ。僕らはみんな、神様の手のひらの上で踊らされてるだけだ。僕がどれだけなげやりに生きようが、レオナルドがどれだけひねくれようが、ミケルがどれだけ一生懸命大理石を刻もうが、結局は神様の予定したとおりに生まれてきて、予定どおりに死ぬしかないんだ」

「おやおや。将来司教《しきょう》になるかもしれないってお方が、ずいぶんと神様に腹を立ててるんだな」

「だって腹が立つんだもの」

「罰があたるぞ。それこそ怖くないのか」

「そういうレオナルドは、神様そのものを信じてないくせに」

「おまえの年のころはまだ信じてたさ。どうして十二のおまえが、全能の神に対してそんなに腹を立ててるんだ」

「だってもし神様が全能なら、どうしてみんなをみんな、幸せにしてくれないのさ」

まだ死ねない、と言ったロレンツォと、そのロレンツォにすがるしかないリフィアを思うと、ジュリオはかわいそうでならなかった。あの二人を、死によって引き離そうとする神様の魂胆がわからない。

「神様は、僕たちの不幸をおもしろがってるだけだ」

レオナルドも肩をすくめておもしろがった。

「よほどロレンツォのことが応《こた》えたとみえるな。もし私になにかあったら、その半分でいいから、痛々しい顔をしてくれるかい」

「出てけ」

「はいはい」

レオナルドは素直にデッサンの手を止めた。

「どれ、また出直すとしよう」

「だめだ。もう二度と会わないからね。僕を殺したいと思ってるようなやつに、誰が会うもんか」

「それは残念だ。屍《しかばね》を朽《く》ちさせない、例の魔法を手に入れてもだめ？」

「だめだ。だいたいそんな魔法、あるわけない」

「あるわけない、か」

素描帳《そびょうちょう》をかかえたレオナルドは、やれやれと立ち上がった。

「そんな魔法があればと思いながら、ジュリアーノの死に顔をデッサンしたよ」

ジュリオはびっくりして、レオナルドを振り返った。

「殺されたあと？」

「そうだよ。この美しい屍を、朽ちさせない魔法がどこかにないものかと、泣きたい思いでデッサンした。とにかくきれいな死に顔だった。私が神を信じなくなったのは、どうやら、あの日からだな」

じゃあな、と、部屋から出ていこうとしたレオナルドの背中を、ジュリオはあわてて追いかけた。

「待ってよレオナルド。そのデッサン、どこにあるのさ」

「どうして」

「見たいんだ。見せてよ」

「ジュリアーノの肖像画なら、ボッティチェリが何枚も描《か》いてるよ」

「違う、レオナルドの描いたのが見たいんだ。どこに置いてあるの？　フィレンツェ？

それともミラノ？」

「ここだ」

と、レオナルドは、左のこぶしを自分の胸に当てた。ジュリオは面食らった。

「そこ？」

「そうだ。いろいろあったが、私のジュリアーノは、いまではもうすっかりここにいる。

おまえがここに飛び込んでこない限り、私のジュリアーノを見ることはできないよ」

ジュリオは困った。

「どうすればいいの」

さあね、と笑いながら、レオナルドは背中をむけ、扉《とびら》を開いた。

「考えなさい」

(なんだよ、けち)

考えることは、ジュリオのいちばんの苦手だと知ったうえで、それでも考えろと言うレオナルドの意地の悪さを、ジュリオは何日か恨《うら》んだ。

(見たいな――くそ、なんで見せてくれないんだろう。減るもんじゃないのに)

レオナルドは本当にひねくれた画家で、必ずしも人に売ったり見せたりするためにだけせっせと描《か》いているわけではないらしい。描きあげても、こっそり自分で秘蔵していたりするから、始末に負えない。

(見たい)

これって、親に会ってみたいと願うリフィアのかなわぬ気持ちそのままだな、と、ジュリオは気づいた。

(リフィア、元気になったかな)

やはり、彼女ともう会えないことがつらい。

だがむろん、二度とロレンツォの心労の種にはなりたくはない。

ジュリオは憂《うれ》いに沈んだ。

(あれほどいっしょにいたいと思うような女の子と、このさきまた出会えるのかなあ。僕がもしメディチ家のメンバーでなかったら――それともリフィアがインノチェンティ出の孤児なんかでなく、どこかの貴族のお嬢様に生まれてたら、ロレンツォだって、会っちゃ

いけないとまでは言わなかったはずだ。そしたら僕たちほんとに結婚して、幸せになれたのになあ）

レオナルドの絵のことはいくら考えても埒《らち》が明かなかったので、とりあえずジュリオは、あれこれリフィアを思うことにした。

相手の身分を考えながら恋をしなければならないなんて、ほんとうにつまらなかった。自分がメディチ家のメンバーでなかったらなあ、と、残念に思えてならない。

だが、そんなことをいくら思ったって詮《せん》ないこと。十二歳のジュリオがメディチ宮を飛び出したり、まさかリフィアをさらって国外に逃げるわけにはいかない。

（待つしかないか）

ひょっとして、何年かしたら状況も変わり、ロレンツォだって、二人のことを認めてくれるかもしれない。

（会えなくても、リフィアのために、なにかしてあげられないかな——もちろんロレンツォには内緒で）

そうだ、と、すぐにひとつ思いついた。

ジュリオにでもすぐに思いつくことができたのは、リフィアの親のことを、インノチェンティの書類でちゃんと調べてあげることだった。もしいい結果がわかったら、ミケルを通して、リフィアに知らせてあげればいい。

ひょっとしてお母さんを見つけだせ、うまく再会できたりしたら、リフィアはどんなにか喜ぶだろう。

想像するなり、ジュリオはいてもたってもいられなくなってきた。

（よし、インノチェンティにのりこもう）

後先も考えずに、思い立ったらこれほどすぐに行動に移せるのは、ジュリオの考えがさほど深くないからだ。

ふだんは短所であるが、時には長所にもなりうる。

さて、この場合は、果たしてどちらだっただろう。

リフィアが育ったインノチェンティ捨て児養育院は、フィレンツェの町中にある。ジュリオの育ったメディチ宮から、五百メートルも離れていない。

一四四五年に、絹織物商組合《ギルド》の手厚い庇護《ひご》のもと、開設されたこの捨て児施設は、十九世紀のなかごろまで、りっぱに機能していた。そののちは幼稚園となり、現在に至っている。

（現在この建物の二階は、『捨て子養育院美術館』になっていて、ボッティチェリの『聖母子像』などを見ることができる）

大きな広場に面しているので、建物の前はこれまでにジュリオも何回も通ったことがあった。軽快に連なるアーチがとても優美な、フィレンツェでも屈指の立派な正面玄関だ。それもそのはず、初期ルネッサンス様式で建てられたこの建物の設計は、ドゥオモのクーポラで名高いかのブルネレスキであり、ロッビア作のテラコッタメダル『むつきに包まれた赤ん坊』が、青色も美しく、壁面をかざっている。

正面玄関の左端に、小さな聖水盤《ピラ》が設置されていることに、ジュリオはこの日、はじめて気がついた。

(あ、これが聖水盤か?)

いつのころからか、インノチェンティに捨てられる赤子たちは、この聖水盤の中に置き去られるのが暗黙のルールとなっていた。聖水盤のそばにおかれた木槌《きづち》を叩《たた》けば、建物の中で聖水盤を監視している係がすぐに現れ、子どもを引き取るてはずになっている。子どもを捨てる側は彼らに顔を見られることをきらって、木槌を叩くと子どもを置いてすぐに立ち去る場合がほとんどだった。

ジュリオの胸は締めつけられた。

(リフィアも、ここに置き捨てられたんだろうか)

想像していたよりも、ずっと小さく、簡素な聖水盤だった。これでは風もよけられない。真冬ならすぐに凍《こご》えてしまう。

どんな理由であれ、このなかにおさまってしまうほど幼い子どもを置き去る親を、ジュリオは許せなかった。

(もしリフィアをここに置き去りにしたのが実の母親だとわかったら、とてもリフィアには話せないな)

だとすればジュリオがここを訪れた意味がなくなってしまうが、いたしかたない。

ジュリオはやや気持ちを引き締めて、門番に声をかけた。

「院長に会いたい。僕は、ジュリオ・デ・メディチだ」

目深にかぶっていた帽子を取りさると、頑《かたく》なに閉ざされていた扉《とびら》があわてて開かれ、ジュリオは中に通された。

いうまでもなくジュリオは、豪華王《イル・マニフィーコ》ロレンツォが実の息子たち以上に愛してやまない美形の甥《おい》っ子《こ》であり、伝説の貴公子ジュリアーノのたったひとりの忘れ形見である。

最近ではメディチ家が主催する行事の華《はな》やかな部分を、ロレンツォの三人の息子たちから完全に奪ってしまうほどの人気者になっていた。フィレンツェっ子《フィオレンティーノ》で彼の名前を知らないものは、まずいないだろう。

さて、ジュリオはインノチェンティ捨て児養育院の中に足を踏み入れた。

もっと殺風景な内装かと思っていたが、なかなかどうして、さらに美しい建物が続いていたので、ジュリオは感心した。

奥に見える中庭を囲む回廊のアーチが、正面玄関にもましてリズミカルで力強く、目に心地《ここち》いい。

だが、たくさん子どもがいるにしては、いやに静まり返っていた。

(なんだか変な感じがする)

抑圧された、重い空気が充満している。

入ってすぐ右手が、院長の謁見室だった。いくらも待たないうちに、黒い服を着た院長が青い顔で駆けつけてきた。

「これはこれはジュリオ様、ようこそこんな場所においでくださいましたな。どういったご用件でしょうか。豪華王《イル・マニフィーコ》がなにか?」

年若いジュリオが、供も連れずにひとりでこんなところを訪れたことが、不審だったらしい。

ジュリオはさらりと言った。

「じつは、伯父《おじ》ロレンツォの使いで来たんだ。四年ほど前、ここから引き取ったリフィウタータという女の子について――」

「なにか不始末でも?」

「そうじゃないんだ。ちょっと、書類の上で確かめたいことがあると、ロレンツォに言われて」

「書類？」

院長は、こちらをうかがうような目つきになった。

「ロレンツォ様が引き取られたリフィウタータの記録は、ロレンツォ様のご指示どおり、すべて消させましたが」

（ロレンツォが、そんなことを？）

ジュリオは内心あわてた。

「もちろん、そのとおりだ。だから、きちんと消してあるかどうか、もう一度確かめてこいと言われた」

「何度でもお見せいたしましょう。こちらへおいでいただけますかな」

謁見室の廊下を挟んで向かい側が、財務係の部屋だった。金銭出納帳や所有していた畑に関する帳簿などといっしょに、乳母と子どもたちに関して書記が記録している帳簿や日誌がおいてある。もちろんどれも、門外不出の秘密文書ばかりである。

まず、一四七八年生まれと思われる院生の名簿が出されてきた。

「ここですな」

ジュリオは、示された場所を見てがっかりした。

ぽかりと羊皮紙《ようひし》が切り抜かれてある。名前のアルファベット順から見て、ここが、リフィアの欄《らん》だったに違いない。

「じゃあ、リフィアが捨てられた日がわかるかい。日誌が見たい」

「日誌はこちらになります」

『乳母と子どもたちに関する記録』の第九巻――一四七六年から一四七九年分が、ずしりとジュリオの前に置かれた。

書記があらかじめ探し出してくれた箇所《かしょ》は、黒々と塗りつぶされていて、まったく読むことができない。

院長はジュリオの顔をうかがった。

「手落ちはない、と思われますが?」

ジュリオはうなずいた。手落ちはない。

(もちろん、ロレンツォが指示したからには、手落ちがあるはずない)

塗りつぶされた前後の記述をざっと拾い読みしていくと、子どもによっては、じつにいろいろなことが書かれている。その子どもが運び込まれただいたいの時刻、どういう状態であったか。どういう事情で捨てられたか。身元を示す持ち物のあるなし、また、その子が洗礼を受けているか否《いな》か。父親の名前や職業、また、その子を連れてきたものの名前と居住する教区名がきちんと記されているものさえもある。

身元を示す印にはいろいろあって、親からの手紙であったり、ふたつに割った貨幣の片方や、ロザリオの珠《たま》だったりする。

また、その子が洗礼を受けているかどうかは、塩や炭の入った小袋が首に結ばれているかどうかでわかった。小袋が結ばれていれば、その子どもがまだ洗礼を受けていない証拠だ。塩や炭は当時、未洗礼の赤子に魔女が危害をおよぼすことを封じる魔よけとされていたからだ。

だから、もしこの小袋を首につけた子どもが、聖水盤《ピラ》で瀕死《ひんし》で見つけられた場合は、手当てよりも先に、まず大慌てで洗礼をおこなわなければならなかった。洗礼を受けずに死ねば、キリスト教徒でないまま死ぬことになる。それだけは避けなければならない。

だが、どちらにせよ、『死んだ』という単語で、短い記述がぷつりと終わる赤子が、なんと多いことだろう。この子も——この子も——この子も。

親に置き捨てられ、インノチェンティで息絶え、裏の共同墓地に葬《ほうむ》られたであろう子どもたちにとっては、この日誌の数行の記述だけが、生きたという証《あかし》だった。

（かわいそうに）

同じように二親がいないとはいえ、メディチ宮で、苦労を知らずにぬくぬくと育ってきたジュリオには、ちょっとした衝撃だった。

（想像はしてたけど、大変なところだ——でもリフィアが言ってたとおり、アルノ川に投げ込まれるよりはましだろうか）

身につまされて、胸がしんしんと痛む。

また、いろいろな子のケースを読み進めるにつれ、ジュリオはますます残念でならなかった。リフィアについてこういうことがちゃんと残されてあれば、母親を捜す有力な手がかりになっただろうに。

「ねえ、乳母《ばあや》さんの記録のほうから、リフィアの名前を捜せないかな」

「無駄《むだ》ですな。リフィウタータの記録を消したとき、そちらもいっしょに消した覚えがあります」

穴のない仕事ぶりに、ジュリオはがっかりした。

「そう」

(なんでロレンツォは、こんなに徹底して、リフィアの過去を消したんだろう。自分が引き取って淑女に育て上げるからには、元の素性を、誰にも知られたくなかったんだろうか)

もしかしてリフィアは、抹消《まっしょう》しなければならないほどひどい素性の持ち主なのだろうか。いやいや、とてもそうとは思えない。

ジュリオはあきらめきれなかった。

当時の状況を、誰かに直接聞き出すことはできないだろうか。

「リフィアが捨てられたときのことを、なんでもいいから覚えていない?」

「残念ながら、私はまだ着任する前で」

院長は、ジュリオがここでなにを調べようとしているのか、ようやく腑《ふ》に落ちた顔になった。

「なんでもいいんだ。たとえば、炭の袋を首につけていたかどうか――」

「捨てられる子どもが多くて、とてもひとりひとりのことなど」

「じゃあ古い職員はどうかな」

「伯父上《おじうえ》ロレンツォ様は、リフィウタータの親が彼女を捨てる前、洗礼を受けさせたかどうかを確かめたいわけですか」

「そう、そうなんだよ。記録がないなら、あとは誰かに訊《き》くしかないだろう？」

「聖水盤《ピラ》の当番名が、この日誌に記録されているはずですが――」

院長は、自分が読みやすいように日誌を九十度回転させ、その日の欄《らん》に書かれた他の記述に、いそがしく目を通した。

「ああ、どうやらこの日の当番はパチーニ修道士だったようだ。残念ですが、彼は何年か前に亡くなりましたな」

前後のページにもざっと目を通した院長は、申し訳なさそうに、ため息をついた。

「あとは、どれも聞いたことがない名前ばかりだな」

「じゃあ、乳母《ばあや》さんたちに訊いてみようよ。なにか覚えているかもしれない」

「奥にいる乳母たちのことですか？　誰もリフィアのことなんか知りませんよ」

「どうして」

「だって、ひとりの女性が、十二年間も乳母を続けられるはずがないでしょう」

「そうなの？」

院長は、次から次にわくジュリオの思いつきにつきあうのに、多少うんざりしたようだった。

「お役に立てず残念ですが、なにしろ、十二年も前の話ですからなあ」

「そうだね」

結局、なにもわかりそうにない。

（しようがない。あきらめて、引き揚げるか——）

そのとき、ふと、ジュリオの目がそこにとまったのは、それが、ジュリオにとって、特別な日にちだからだった。


一四七八年五月二十六日。


（あれ？）

ジュリオは、その分厚い日誌を、もう一度手元に引き寄せ、自分のほうにむけた。

黒々と塗りつぶされた部分の直前に、順に記されてある日付である。つまり、リフィアが捨てられ、この施設に収容された日付だ。五月二十六日。

ジュリオは、しばらくじっとその日付を見つめた。

これは、いったい何かを意味しているのだろうか。どうしてリフィアが捨てられたのが、この日なのだ。

単なる偶然？

(どういうことだろう)

ジュリオは急に落ち着かなくなった。

「リフィアは、生まれてすぐに捨てられたのかな」

さあ、と、院長は肩をすくめた。

「それも、ちゃんとした記録が残ってないので、はっきりしたことは誰にもわかりませんなあ。ただ――」

「ただ？」

院長は、言おうか言うまいか、ほんの一瞬ためらった。

だが、まあそのくらいのことなら、言ってもいいだろうと判断したのだろう。

やや声をひそめて言った。

「『親に拒まれた《リフィウタータ》』なんて名前を我々がつけるのは、よほどの場合に限ります。確かめる術《すべ》はありませんが、リフィアにまだへその緒がついていて、それも乾いていなかったことは、まず間違いないでしょうな。これは私の憶測にすぎませんが、おそらく洗礼をうけるどころか、身体《からだ》を洗うこともされていなかったのではないか」

「生まれてすぐ、捨てられたってこと？」

「ええ。だから、こんなかわいそうな名がつけられたんだ。たぶん何日ももたないと思ったのでしょう」

ジュリオは、日誌の上の日付をおそるおそる指先で押さえた。

「じゃ、たぶんリフィアは、この日、生まれた――？」

院長は、重々しくうなずいた。

「おそらく、そうです」

ジュリオは、しばしぼうぜんとしながら、必死に考えをまとめようとした。

と、いうことは、つまりどういうことだろう。

(迷信――)

立ちこめていた霧が途切れ、おずおずと視界が開けていく。

ジュリオは、頭の中に浮かんだひとつの仮説に、身体を震わせた。

(そんなことが、ありうるだろうか)

だが、もしそれが事実ならば、納得できることが、あまりに多すぎる。

しばらくジュリオはみじろぎもできなかった。

(そうか――ロレンツォが僕たち二人を引き離したのは、身分が違うからじゃない――僕がメディチ家の御曹司《おんぞうし》で、リフィアがインノチェンティ出の孤児だから、交際を禁じたんじゃないんだ――)

インノチェンティ捨て児養育院を出ようとしたジュリオは、先ほどは無人だった中庭に、子どもがひとりぽつんといるのに気づいた。
三、四歳くらいだろうか。
痩《や》せて目ばかり大きな男の子が、石畳の上に座ったまま、こちらを警戒している。

裸足《はだし》だ。

(何してるんだろう)

よく見ると子どもは、石畳の隙間《すきま》に育った可憐《かれん》なスミレの小さな花をむしっては、口の中にいれているのだった。

とても甘いとは思えない。

(リフィア)

哀れさがこみ上げ、思わず抱いてやろうとして足を向けたとたん、子どもは脱兎《だっと》のように逃げていってしまった。

思いを、どこにももっていくことができず、ジュリオはしばらくその場に立ちすくんだ。

「これを、金に換えてなにか甘いものを——」

言うなり、上着を脱ぎ捨て、帽子をとり、指輪もはずしてすべて院長におしつけると、ジュリオはシャツ一枚の姿で外につないであった馬に飛び乗り、そのままフィレンツェの市門をくぐって郊外へと走り出た。


そっと、寝室の扉《とびら》が開かれた。

夜もかなり更《ふ》けている。寝台に横になって、書類に目を通していたロレンツォは、部屋の空気が動いたのを感じ、反射的に枕元《まくらもと》の短剣に手を伸ばした。

半開きの扉の向こうに、誰かいる。

「ジュリオ？」

フィレンツェにいるはずのジュリオが、扉の隙間《すきま》から、そっと顔だけのぞかせていた。

「ごめんね、起こした？」

「いや、起きていたよ。驚いたな。こんな時間にフィレンツェから着いたのか？　いったい何時に出たんだ」

「身体《からだ》は、大丈夫《だいじょうぶ》？」

「もちろんだよ。さあこっちへおいで」

部屋に入るのをためらっているなんて、ジュリオらしくなかった。いつものジュリオなら、燭台《しょくだい》を持ったままかまわず寝台の上に飛び乗ってくるところだ。

「どうした、シャツ一枚か？」

「うん」

おずおずと寝台の脇《わき》にひざまずいたジュリオの手が、氷のように冷たいことにロレンツォは驚いた。あわてて寝台をおりて、暖炉《だんろ》の前にジュリオを座らせ、背中から毛布をはおらせた。

「なにか温かいものを用意させよう」

「いいんだ。寒いんじゃない。ロレンツォこそ、もうすっかり大丈夫なの？」

「ああ、もう大丈夫だ。あのときはびっくりさせて悪かったね。どうした。おまえのほうがよほど顔色が悪いぞ」

ロレンツォはさかんに火をおこした。

ジュリオは、それでもまだリフィアのことを訊《き》こうかどうしようか、迷っていた。身体の弱ったロレンツォに、これ以上心労をかけたくない。

「ねえロレンツォ」

くれた。

「どうした」

と、ロレンツォは心配そうに隣に腰をおろし、ジュリオの毛布をしっかりとかけなおして
ジュリオは、ふいに涙ぐんでしまった。

(なんてあったかいんだ)

こうしてロレンツォが元気になってくれて、本当によかった。できるものならずっとこのまま、なにも聞かずに静かに二人で暖まりながら、暖炉《だんろ》の火を見ていたい。

でも、真実も知りたい。

もし先日のように、ロレンツォになにかあれば、真実を知る機会は、永遠に失われてしまうかもしれないのだ。

「迷信を信じるかって、僕らに訊《き》いたよね？」

一瞬、声を失ったロレンツォに、ジュリオは重ねて尋ねた。

「ロレンツォのいう迷信って、たとえば、子どもが変わった生まれ方をするのは、神様が親の罪を知らしめるため——なんていう迷信のことだよね？」

よしなさい、と、ロレンツォは首を横に振り、目をそらした。

「そんなのはただの迷信だ。わたしはそんなのは信じない」

「ただの迷信だろうか」

ジュリオは暖炉《だんろ》の火にじっと見入った。

「もし双子が生まれたら、きっと、びっくりして、どうしてだろうと思うよね。まるで動物みたいに、おなかの中にいた赤ん坊の身体《からだ》がふたつに分かれて、別々に生まれてこなければならなかったんだ。どうして神様はその赤ん坊にだけそんないたずらをなさるんだろう。やはり、親が罪深いから？」

「やめなさい」

「やめないよ。知りたいんだ」

ジュリオは、胸がいっぱいになった。

「だってロレンツォ、僕は父さんも母さんも、どんな人だったかちっとも知らないんだよ。だから、教えてよ。知りたいんだ。どうしても知らなきゃならない――」

「何を」

「僕と、リフィアのことだ」

ああ、ジュリオがとうとう気づいてしまった――と、ロレンツォは瞠目《どうもく》した。

ジュリオは尋ねた。

「僕たち、いっしょに生まれた双子なんでしょう？」

おおきなため息をつきながら、ロレンツォは数年来守り続けてきた秘密を、潔く明かした。

「そうだ」

「それは、父さんと母さんが、罪深い人間だったから？」

「ジュリオ」

さえぎったロレンツォは、しっかりとジュリオの肩を抱いた。

「いいかジュリオ。誰に訊《き》いてもかまわない。必ずこう答えが返ってくるだろう。ジュリアーノとフィオレッタは二人とも敬虔《けいけん》なキリスト教徒だったし、立派なフィレンツェ市民だった。二人は誰もがうらやむほどお似合いの美しい恋人どうしで、心の底から純粋に真剣に愛し合っていた。ジュリアーノは、彼女と添い遂げるつもりだとわたしに言っていた。あの二人に、これっぽっちの罪もあろうはずがない」

「でももし自分たちに思い当たる罪がないなら、どうして母さんは、リフィアをこっそり捨てたりしたのさ。世間体なんか気にせず、堂々と双子を産んだと言ったらよかったじゃないか」

「ジュリオ」

ロレンツォは、困惑した。

だがジュリオがここまで事実を知ってしまった以上、もうなにも隠し立てすることはできなかった。どうしてそういうことになってしまったのか、ロレンツォの知りうる限り、話してやらなければならない。

「——ことはそれほど簡単ではないし、実際のところは、わたしにもよくわからないんだ。ただ、あれほど深く愛し合っていた恋人のジュリアーノが、突然むごい殺され方をして、身重のフィオレッタは、当然ひどいショックを受けた。魂が抜けたようになって、とうとうある日早産を引き起こした。まだ十八で、もちろんはじめてのお産だった。何日も苦しみぬいた末に、産み落としたのは、なんと男女の双子だった。衰弱しきったところに、双子を見て混乱し、惨殺《ざんさつ》されたジュリアーノや自分に、なんらかの罪があったという悪い迷信にとらわれてしまったのかもしれない。あるいは、もともと聡明な少女だったから、とっさにメディチ家の体面のことを考えてくれたのかもしれない。おそらくはその両方だろう——とにかくフィオレッタは、最後の力をふりしぼって産婆に頼み、女の子のほうを、インノチェンティ捨て児養育院の聖水盤《ピラ》に捨てさせた。そして自分の手元に男の子——ジュリオだけを残した。世間のいわれのない中傷から、せめておまえだけは守ろうとしたんだ」

ジュリオははっとした。

「僕を、守る？」

「そうとも。華《はな》のジュリアーノの忘れ形見が生まれるのを、フィレンツェじゅうのひとがいまかいまかと待ち望んでいた。おまえは待ち望まれた子どもとして、フィレンツェに迎えられ、その好意はいまもなお続いている。しかし、もしおまえたちが双子で生まれたことが公になっていれば、こうはいかなかっただろう。フィオレッタはおまえを根拠のない迷信じみた中傷から、なんとかして守ろうとしたんだ」

唇《くちびる》をかんだジュリオに、ロレンツォはさらに続けた。

「フィオレッタはわたしのもとにも、男子が生まれたとだけ、知らせをよこした。早産と聞いて赤ん坊の命を半ばあきらめかけていたわたしは喜びにとびあがり、すぐに駆けつけておまえを抱きあげ、フィオレッタにジュリアーノの忘れ形見を産んでくれたことを何度も感謝し——そのすぐあとだ。あわれなフィオレッタが、力つき、息を引き取ったのは」

ロレンツォは、悔やんでも悔やみきれなかった。

「いまわの際、たしかにフィオレッタは、なにかわたしに物いいたげにした。今から思えば、なにかをひどく悔やんでいたようだった。しかし声にならずに、息が絶えた。もしもうひとこと言い残す力があったなら、優しい彼女のことだ。必ずリフィアのことを、言い残したに違いない。

あるいはもしわたしが到着してすぐ、すこしでもフィオレッタの声を聞いてやる耳をもっていたら、フィオレッタはまだしっかり話すことができたから、生まれた子がじつは男女の双子で、男子の将来を重く思ったあまり、女の子のほうをインノチェンティに捨ててしまったことを、後悔しながら告白してくれたはずだ。そうであれば、リフィアをあんなつらい目にあわさずにすんだ。

そのときわたしが何をしてたかって？ ——わたしはね、フィオレッタが後悔していることにちっとも気づかず、生まれたばかりのおまえを抱いて、ずっとはしゃいでいたんだ。殺されたジュリアーノが、生まれ変わってくれたことが嬉《うれ》しくてならなかった。そんなふうだったから、なおさらフィオレッタが言いだせなかったのかもしれない。

誰かに罪があるとすれば、あのとき頼りがいのなかったわたしこそ、一番の罪人だ」

ロレンツォは、深いため息をついた。

「最近のリフィアは、恋をしたせいか、ますます母親のフィオレッタに似てきたよ。見るたびに、あわれなフィオレッタを思い出す。彼女が不幸だった分まで、リフィアを幸せにしてやらなくちゃならん」

しばらく二人は、暖炉《だんろ》の火を見つめて、ことばもなかった。

ロレンツォが、気を取り直すように尋ねた。

「しかし、どうしてわかったんだ？ インノチェンティの記録は、すべて消させたはずだが」

「捨てた日付までは、消されてなかった。リフィアが捨てられた日付は、僕の誕生日と同じだった」

ああ、そうか、と、ロレンツォは苦い顔になる。

ジュリオは、ロレンツォの腕をつかんで目を見て言った。

「でも、それだけじゃないんだ。リフィアはね、僕には不思議なくらい懐《なつ》かしいんだ。ミケルに言われてわかったんだけど、僕は、誰からも愛してもらわないと不安で、それでいて、どんなにみんなから愛されてもけっして満たされないおかしな病気だった。でも、リフィアに会って、その病気がきれいにたち消えたんだ。リフィアさえいてくれれば、なにも怖くない。僕は生まれてはじめて、一人前になれたような気がした」

「ジュリオ」

「だからねロレンツォ、もともとはひとつの身体《からだ》だったのが、ふたつに分かれて生まれてきたっていうのが、僕にはただの迷信だとは思えないんだよ」

ロレンツォには、もうそれ以上なにも言ってやることができない。

今度はジュリオが尋ねる番だった。

「どうしてもっと早くリフィアを引き取ってあげられなかったの」

「リフィアのことは、まったく知らなかったんだ。四年前、強請《ゆす》られるまで」

「強請《ゆすり》？」

ロレンツォは苦く笑った。

「強請られたんだよ。おまえたちを取り上げた産婆の夫が、双子の片割れの女児をインノチェンティに捨てた話を妻から聞いて、はした金欲しさに、わたしを強請《ゆす》ってきた。メディチ家のメンバーに双子が生まれたなんてことが、世間に知れてもいいのかってね。それではじめてリフィアの存在を知った。大慌てしたよ。もしもあのやさ男がわたしを強請ってくれなければ、リフィアはいまごろどこでどうしていたことか、わからない。考えるだけで、ぞっとする」

悲しみが、ジュリオの胸をしめつけた。

「双子が生まれたってことは、そんなにも隠さなければならないことなの？」

ロレンツォは残念げにうなずいた。

「まっすぐなおまえの魂には、まだ人間のいやらしい部分が理解できないだろうね。だが世間というものは、有名人の醜聞《スキャンダル》を求めてたえずどん欲に飢えている。そして、おぞましい迷信であればあるほど、惑わされやすい。いったん噂《うわさ》になれば、必ず尾ひれが付けられ、おもしろがられ、その結果われわれは中傷されることになる。あのジュリアーノがのこした子どもがじつは双子だったなんて、大変な話の種だ。双子が生まれるほどメディチ家は罪深いのだと、ドメニコ会の修道僧などは、格好の説教ネタにするだろう」

そうか、これはジュリオとリフィアだけの問題ではなく、メディチ家全体の体面にかかわる重大な問題なのだと、ジュリオは思い知らされた。

ロレンツォは言った。

「だからフィオレッタが死の床で下した判断は、悲しいが、妥当な判断だった。もうひとりの赤子を捨ててまで、フィオレッタが守ろうとしたのはメディチ家の体面と、ジュリオ、おまえの将来だ。おまえの将来に、一点の憂《うれ》いも落としたくはない」

「その男を、殺したの？」

ロレンツォはうなずいた。

「永遠に口を封じた」

「僕らを取り上げた産婆も？」

「そうだ。道行きは夫婦で一緒がいい」

「そして、インノチェンティの関係書類を消させた」

「そっちはどうやら手ぬるかったようだ。今日のうちにすべて焼却させる」

ロレンツォは、多少疲れたようすで額に手を当てた。

「ドメニコ会にも知られたくはないが、一番リフィアの素性を知られたくないのは、じつは、リフィア本人になんだ。彼女はもう自分が捨てられた子だということを知っている。そして十分すぎるほどの苦労をなめてきた。理由はどうあれ、それがすべて母親の意思によるものだったなんて、知る必要はない。そんな残酷な事実は、リフィアを悲しませるだけだ。リフィアには母が誰なのか、なぜ捨てられたのか、いっさい知らせたくない」

それでなくても、彼女はもうじき養父のロレンツォをも失おうとしているのだ。

リフィアの過酷な運命を思うたび、ロレンツォは自分の無力がもどかしくてならない。

そしてジュリオも、同じ思いだった。

「もちろん、リフィアには言っちゃだめだ。リフィアは、自分を捨てたのが母親じゃないって、思いたいんだ。いつか母親が迎えに来てくれるのを、信じて待っていたいんだ」

ちくしょう、と、ジュリオはうめいた。

「フィオレッタは、とんでもない女だ」

ロレンツォは、眉《まゆ》をひそめた。

「これ、自分の母親のことを」

「だって、あんまりじゃないか。いくら双子だからって、自分の子どもを捨てるなんて——それも、女の子をあんな場所に捨てるなんて。どんなに悲しいつらい思いをさせるか、ちっとも考えないで」

「だから言ってるだろう。フィオレッタは、おまえのためを思ったんだ。せめておまえだけは、いわれのない中傷から守ろうとしたんだ。どうしてそのことをわかってやれない」

「どうしても捨てなきゃならないなら、僕を捨てればよかった」

ジュリオは、涙をあふれさせた。

人を、これほど憎んだのは、初めてだった。母を憎んだジュリオは、身体《からだ》の震えを止めることができなかった。

「捨てるなら、男の僕を聖水盤《ピラ》の上に捨てればよかったんだ。ジュリアーノの忘れ形見が女の子だって、ちっともかまわないじゃないか」

「ばかな。おまえを捨てられるはずがない。おまえは生まれたときから、ジュリアーノに生き写しだった——」

手を伸ばしたロレンツォは、ジュリオの頰《ほお》を愛《いと》しげに愛撫《あいぶ》した。

それは、レオナルドがジュリオを見るときのまなざしとまったく同じまなざしだった。

「あんなかたちで生を断ち切られてしまったジュリアーノが生まれ変わり、こうしてわたしたちの元に戻ってきてくれたんだ。おまえは神様が下されたかけがえのない宝だ。フィオレッタも言っていた。おまえは、ジュリアーノの生まれ変わりだと」

「生まれ変わり？」

ジュリオはふいに怖くなった。

ロレンツォの優しい瞳《ひとみ》の中に、たしかに、暖炉《だんろ》のあかりに照らされた少年がひとり映っている。

だがそれは、ジュリオではないのだ。

死んだはずのジュリアーノが、ロレンツォの瞳に映っている。

(じゃあ僕は——ジュリオ・デ・メディチは、いったいどこにいるんだろう。僕は、確かにここにいるのに)

もう寒くないはずなのに、それでも震え続けるジュリオを、ロレンツォはしばらく肩を抱いて、震えがおさまるのを待った。

「もういい——わかった。もういい」

ロレンツォは思った。先日のミケルとの喧嘩《けんか》といい、今といい、ことリフィアの話となると、思ってもみない激情がこみ上げるようだ。なんとも大変な兄さんぶりである。

これ以上何を言っても、気持ちを高ぶらせるだけだろう。フィオレッタのことについては、また次の話す機会を待とうとロレンツォは思った。

それにしても、ジュリオには、何でも話せるいい友だちが、もっと必要なのではないか。

大人たちのなかでちやほやと育ってしまったジュリオには、同年代の友だちとやりあうことを、避けたがる傾向がある。ロレンツォの三人の息子たちとも、いとこ同士だというのに、まったくそりが合わない。父ロレンツォがジュリオばかり寵愛《ちょうあい》するのを息子たちがやっかんでいるせいもあるが、ジュリオもはなから彼らとは付き合おうとしない。

ロレンツォは尋ねた。

「なあジュリオ。ミケルにだけは、わたしから事情を説明しておこうか？　リフィアとも仲がいいし、わたしになにかあったときに、おまえのいい相談相手になってくれるはずだ」

ジュリオは驚いて身体《からだ》を離した。

「だめだよ。ミケルにも言っちゃだめだ」

「なぜだね。喧嘩《けんか》ばかりして遊んでないで、たまには彼とちゃんと話しこんでみたまえ。生涯の友とするにふさわしい、芯《しん》の通った男だよ？　口も堅い」

「知ってるけど、それとはわけが違うんだ。ミケルは口ではかっこいいこと言うけど、頭の中はめちゃくちゃ古くて固いんだ。僕とリフィアが双子だなんて言ったら、よけいなこと考えて、ますます僕のことを描《か》けなくなる」

「ああ、なるほど」

一理ある。

吐息をついたジュリオは、ふとたまらなく切なくなった。

ではロレンツォがいなくなったとき、誰が自分の相談相手になってくれるのだろう。

双子の片割れの話し相手に、誰か、なってくれるだろうか。

朝の支度《したく》は、てきぱきすませる。

それがリフィアの習慣だ。乳母《ばあや》さんが部屋に起こしに来るのなんか、とても待っていられない。リフィアは朝が大好きだった。長い夜が明けて薄明るくなってくると、もうじっとしていられない。

この日の朝、裏庭の井戸端に身軽くおりていくと、びっくりしたことに、裏庭の井戸端に、普段はそれほど早起きしないはずのミケルがいるではないか。

ミケルもリフィアを見て、お、と驚いた笑顔を見せた。

「リフィアっていつもこんなに早いのか？」

「どうしたの？　——まさか、徹夜したの？」

けがして何日か描《か》けなかった反動で、ミケルは手当たり次第に描きまくっている。きのうも、ドレープをよせた布を夜遅くまでデッサンし、自分の部屋に引き揚げる気配がなかった。服がそのままのところを見ると、どうやら今の今まで描き続けていたに違いない。

思わずミケルの右手をとって、また腫《は》れていないか、しげしげと確かめた。心配そうに——そして、多少腹立たしげに。

「無理しないで。替えはきかないのよ？」

これはまるで母親の台詞《せりふ》のようじゃないかと感動したミケルはしんみりし、そして、しんみりした自分が恥ずかしくて、ふてくされたように手を取り返した。

「わかってるよ」

「ほんとにわかってる？　いま無理をして、この右手が取り返しのつかないことにでもなったら」

想像しただけで怖かった。自分のそそっかしいのがそもそもの原因だし、ここで無理して悪化したら――。

（どうしよう）

と、思ったのが、リフィアとしてはめずらしくそのまま顔に出てしまった。このところたてつづけにいろんなことがあって、ちょっと不安定になっていたからかもしれない。

ミケルは驚いた。

「そんな心配そうな顔するなよ」

ちょっとこれはわずらわしいなと思った。もちろんリフィアに心配はかけたくないが、かといって、リフィアが口にするもっともな注意をいちいちどれも守っていたら、魂こめた制作なんて、とてもできないような気がする。痛みを我慢し、飲まず食わずで不眠不休で――それでも一心に、なにかを作り上げたい瞬間だってある。めったに訪れないそんな瞬間を、逃したくない。

「大丈夫《だいじょうぶ》だ。心配することない」

「だって」

「『だって』じゃないだろ。そんなに心配性だったか？」

ちょい、と右手でリフィアの鼻をつつくと、リフィアが赤くなる。

「居間においてあるデッサンを見ればわかるよ。痛いの我慢して描《か》くほどのものは描いてない。やっと自由に描けるようになったのが嬉《うれ》しかったから、調子にのって描いてたら夜が明けただけだ。それでもほら、ぜんぜん痛くないんだから、もう完全に大丈夫《だいじょうぶ》だ」

「ほんとうに？」

「しつこいぞ」

しきりに手をぶらぶらさせてみせるミケルに、リフィアはほっと息をつき、笑顔になった。

「よかった」

その瞬間、ミケルは不思議なほど素直に、リフィアが愛《いと》しいと思ったのだった。

（そんなに心配してくれるのかよ）

思い切りリフィアを抱きしめたい衝動がまたどこからかつきあがり、ミケルの手足とはげしく抗《あらが》った。もちろん、朝っぱらから、使用人たちがいそがしく行き交う井戸端で、好きな女の子をしっぽりと抱けるほど、ミケルの肝はすわってない。

あわてて自分の気持ちをそらそうと、朝の支度《したく》にあわただしいそこらへんを見ながら言った。

「朝っていいなあ。いつもこんなに早起きするのか？　おれも朝、絵を描くことにしようかな。そうしようかなあ」

徹夜明けだというのに、ミケルがなんだかやけに元気のいいことをしゃべりだしたので、リフィアもつい可笑《おか》しくなってしまった。きっとミケルは久々に思う存分描《か》けて、楽しかったのだ。

リフィアは苦笑しながら、井戸の中に水桶《みずおけ》をおろした。

「なんだ。心配して損しちゃったな」

「損？」

損したと言われたら、急にミケルはさびしくなった。水桶を引き上げるロープを横から取り上げ、ミケルは黙々と水桶を引き上げた。

ふいに、怒ったように言った。

「心配してくれよ」

「え？」

リフィアが息をのんで自分を見たのがわかって、なおさらミケルはロープを握る手に力をこめて水桶を引き上げた。

「ほら、おれは、母親とか女家族がいないからさ、なんか、そんなふうにしつこく心配してもらうと、わずらわしいけど、妙に嬉《うれ》しいんだよ。水、その水差しに入れるのか？」

「え？　ええそう」

桶の水が、勢いよく水差しに注がれる。

揺れる水面を、しばらく二人はぼんやりと見つめていた。

リフィアが、訊《き》いた。

「じゃ、またなにかあったら、しつこく心配していいわけ?」

「ああ」

と、ミケルはからの水桶《みずおけ》を置いた。からりと木が石にあたる音がした。

まだ、なにかことばが足りない。

「できれば、ずっとそばで心配してくれないかな」

リフィアは伏せたままのミケルの横顔をのぞきこんだ。むろん、ミケルは真剣な表情をしている。

「私でいいの?」

「なんでだめなんだ」

「だってまた、手の上にお皿を落とすかもしれない」

「ばか言うな。今度はよけてみせるさ。そんなことは心配しなくていいんだ」

ミケルは一瞬なんて言おうか考えた。

「おれのことを、そばにいて心配してほしいんだ。おれがめげずに仕事をがんばれるよう、心配しながら応援してほしいんだ。さっきみたいに」

「応援だけじゃだめなの?」

「心配もしてほしい」

「私に？」

「ああ」

「しつこく」

「ああ」

いやだなあと、ミケルは我ながらうんざりした。なにを甘えたことを言ってるんだろう。自分にこんな女々しいところがあったなんて驚きだった。逃げ出したい気分だ。

だが、リフィアは、恥ずかしいやら嬉《うれ》しいやらで、胸がいっぱいになっていた。ミケルみたいな天才肌の男の人が、自分を必要としている。なんて幸せなことだろう。

インノチェンティ出の自分が、こんな幸せをかみしめていいんだろうか。

(怖いような気がする)

このときリフィアが予感した不安は、まんざら杞憂《きゆう》でもなかった。リフィアはまだ、ミケルの家が没落貴族であり、石のように頑固《がんこ》な父親が、かびのはえるほど古い家名を虎《とら》の子のように守っていることまで、知らなかったのだ。

嬉しくて胸がいっぱいになったリフィアが、ことばを探したほんのちょっとの沈黙に耐えきれず、ミケルはとうとう逃げ出すことに決めた。

「あ、絵が出しっぱなしだから、あとでな」

女々しいこと言って、絶対嫌《きら》われたなあ、と、しょぼくれた背中をむけたミケルに、リフィアは言った。

「心配するけど、ひとつ、条件がある」

ミケルはどきりと立ち止まった。

「なんだよ」

「申し訳ないけど、ロレンツォの次で、我慢してほしいの。今の私には、なによりもまず、ロレンツォの身体《からだ》のことが心配なの。だからもし、ロレンツォの次に心配するんでもよければ――」

嬉《うれ》しさがこみあげたミケルは、それをどうことばで表現したらいいかわからなかった。

「ああ、もちろんさ」

もしいまリフィアの像を大理石で彫《ほ》らせたら、きっとものの数時間で見事に完成させてしまうに違いない。そんな気分だ。

もしまわりにこれほど観客がいなければ、ミケルだってリフィアを抱きしめるくらいのことはしたかもしれない。井戸端は、二人のもどかしいやりとりにじっと聞き耳を立てていた使用人たちがいっせいに拍手しだしそうな、ほんわかした祝福ムードにつつまれている。

赤面したミケルは水の入った水差しをひょいと持ち、リフィアといっしょにその場を逃げ出した。

　浮かれ立つようなこの気持ち——これこそきっと、恋なのだろう。中庭を通り抜けながらミケルはリフィアに言った。

「なんだかいい感じになってきたな」

「私たちのこと？」

「そうさ。一歩も二歩も進展したような気がする。ポリツィアーノ先生に聞かせたら、きっといい詩にしてくれるぞ」

「まさか」

　詩に関しては、リフィアのほうがはるかに優等生だ。恋愛詩を甘く見るなよと、ポリツィアーノが目をむくのが目に浮かぶ。

　ポリツィアーノといえば、ミケルはふと思い出した。

「そうだ、夜中に馬がついたみたいだったけど——」

「馬車じゃなくて？」

「いや、車輪の音はしなかった」

「ふうん」

　リフィアは首をかしげた。

　誰が来たのか、気になる。

「ロレンツォに訊《き》いてみるね。この水、ロレンツォにもっていくの」

「じゃあいっしょに行くよ。お館《やかた》様に頼んで、新しい石を手に入れたいんだ」

「石？　大理石？」

「そうだ」

リフィアは顔をかがやかせてミケルを見た。

ミケルが久々に絵ではなく、大理石を刻む気になってくれた。リフィアは彫刻《ちょうこく》するミケルを見るのが好きだった。

「じゃあ、フィレンツェに行くの？」

「いっしょに行かないか？」

リフィアはびっくりして足を止めた。

「フィレンツェに？　私が？」

「たまにはいいじゃないか。町中をぶらぶらしたらいい。ルチアーノに会わせるよ。かっこいいぞ」

「ルチアーナ？」

「いや、ルチアーノ。男だ。石工だよ」

ああ、とリフィアは苦笑した。

「ごめん。インノチェンティに、ルチアーナって名前の親友がいたの。大店《おおだな》に奉公していったから——」

大商店を切り盛りしている才女は、けして少なくない。フィレンツェという経済都市には、男女を問わずそうした個人の才能を愛する柔軟な雰囲気があった。

「いまごろは、きっとどこかでばりばり働いていると思うわ。なにしろきれいで頭がよくて、推薦されてインノチェンティを出たくらいだから」

「じゃ、会いにいこうよ」

「でも、店の名前がわからない」

「インノチェンティに行って、訊《き》けばいいじゃないか」

「教えてくれるかなあ」

と、リフィアは頼りない表情をした。

二階に上る階段を上がりながら、ミケルが言った。

「ルチアーノにはね、学がないんだ」

「ひどい言い方」

「本人がそう言うんだよ。でも、石にかけては右に出るものはいない。カエサルが生まれる前から石屋をやってるってところの若棟梁《わかとうりょう》で、すごい身体《からだ》の持ち主だ。背中の筋肉までむきむきしてて、惚《ほ》れ惚《ぼ》れするよ」

「そんなに？」

聖女ルチアにちなんだ女性的なやさしい名前の響きと、背中のむきむきの落差が、リフィアをひどく可笑《おか》しがらせた。ミケルも思わず笑ってしまった。

「そうなんだ。ルチアーノってさ、優しくって、面倒見がよくて、こんなお母さんがいたらなあってかんじの性格なんだけど、その身体《からだ》ときたらまるで——」

二人は、驚いて足を止めた。

「ジュリオ」

階段を上からおりてきたのは、ジュリオだった。

幸せそうな二人に気づいて立ち止まり、ぎゅっと手すりを握り、顔を背けた。


「夜中に馬で着いたのは、おまえだったのか？」

ミケルはそのことを不審に思ったが、横にいたリフィアは何段か階段を上がりながら、とにかく謝った。

「ごめんなさいジュリオ。私、あなたに謝りたかったの」

ジュリオはひどく驚かされたようすで、リフィアを凝視した。

「なにを？」

リフィアは足を止めた。

「だって、ロレンツォが倒れたとき、あなたに帰れなんて言って――ごめんなさい。ひどいことを」

ああ、とジュリオは気が抜けたように笑った。

「いいんだ。もう、そんなこと。気にしてないよ」

ジュリオは、階段をゆっくりとおりてきた。

あ、また抱いてくれるのかな、とリフィアは反射的に思った。

ミケルが見ている手前もあるから、もし例によってジュリオが自分を抱きしめようとしたら、投げ飛ばさないまでも、なんらかの抵抗をしなければならない。

リフィアがそんな変な確認を頭の中でしたのは、ジュリオに抱きしめられると、ほっとするあまり、ぼんやりしてしまうからだった。そんなことではいけない。ジュリオがまた抱きついてきたら、はっきり抵抗しなければならない。

リフィアの二、三段上で、ジュリオは立ち止まった。

(リフィア)

下から見ていたミケルは、思わず首をかしげた。ジュリオはよほどなにかがまぶしいのか、リフィアをまっすぐに見られない。

(あれ、こいつも寝てないのかな)

それだけではないような気がした。ミケルはもっとよくジュリオの顔が見たくて、水差しを足元に置いて、二、三段上がった。

(やっぱりそうだ。こいつ、また、顔が変わった)

なにかあったのか？　――と、ミケルがジュリオに声をかけようとしたのと、ほとんど同時だった。

ジュリオが言った。

「僕こそごめんよ、さんざんつきまとって。もう二度と、会わないから」

リフィアは、面食らった。

(二度と？)

思わず声を失ったリフィアのかわりに、ミケルが前に出た。

「おい、どういうことだジュリオ」

「どうもこうもない。そういうことさ。安心しろよ」

と、ジュリオは目を伏せた。

「もう、この別荘にも二度と来ない。いまも、誰にも会わないようにして帰ろうとしてたところだ」

リフィアを避けるようにすっとすれ違うと、ジュリオは階段をおりて、そのまま正面玄関のほうに立ち去っていった。

「なんだ、あいつ」

ミケルには、ジュリオが気にかかった。あとを追おうかどうしようかと、リフィアの顔をうかがったミケルは、仰天《ぎょうてん》した。

「どうした。泣いてるのか？」

リフィアは自分でもびっくりしたようにうなずいた。

「どうしたんだろう」

涙が、止まらない。

「ばかなのよ私。また、期待しちゃってた。期待しちゃいけないって、いつもあんなに自分に言いきかせてるのに」

リフィアはあふれる涙を何度もぬぐった。

「だって、あたりまえじゃない。ジュリオはメディチ家の御曹司《おんぞうし》だもの。インノチェンティ出の私なんかを、本気で相手にするはずない」

「ばか言うな。ジュリオはそんなやつじゃない」

「いいのよ。それでいいの。それに、ひどいこと言ったのは私のほうだもの。ジュリオが怒るのは当然よ」

リフィアは口をへの字に曲げた。

「なのに、どうしたんだろうね。なんでこんなに悲しいんだろうね。涙が止まらないの」

二度と会わない、と言われたことが、リフィアを泣かせていた。もうジュリオには、二度と会えないのだ。

「悲しいよ」

なんでこんなに悲しいのだろう。

泣きやむことのできないリフィアを見て、ミケルは久しぶりに、頭に血が上るのを感じた。

「ちょっとここで待ってろ」


「どういうつもりだ」

肩をつかんで無理やり振り向かせたジュリオは、とても憔悴《しょうすい》して見えた。ミケルは肩をつかむ手をゆるめた。

「おまえ、なにかあったのか？」

ジュリオは衝動に駆られた。

(言ってしまおうか)

ミケルに、あらいざらい話してしまおう。そして、双子だろうが、誰の生まれ変わりだろうが、ジュリオはジュリオじゃないかと、叱《しか》りつけてほしい。

「ミケルは、迷信なんか信じないよね？」

「なにとぼけたこと言ってるんだよ。リフィア、泣いてたぞ」

「泣いた？」

「そうだよ。あんな冷たい言い方したら、どんな女の子だって泣くよ」

（ああ、リフィアを、泣かせてしまった——）

ジュリオはひどくうろたえたが、もはや駆けつけることはできなかった。駆けつけてなぐさめたら、必ず抱擁《ほうよう》したくなる。真実を話さないまま、リフィアを抱擁して、ぜったいその先には進まないという自信がもてない。

あの日、草原の中でかわしたキスが、あまりにも甘美なものだったからだ。

これから自分もリフィアもどんどん成長する。あれほど甘美なキスのあとに自然にわき起こってくる感情を、ジュリオはおさえきる自信がない。おさえるためには真実を——母親がリフィアを捨てたことを話すしかないが、それだけはしたくない。

（本当のことを話すくらいなら、僕たち、もう、二度と会わないほうがいい。僕がそばにいてやる必要なんかない。リフィアには、ミケルがついているんだから——）

泣いているリフィアのもとに、いますぐ駆けつけてやりたい思いを必死に押し殺しながら、ジュリオはなげやりに言った。

「リフィアが泣いてるなら、ミケルがなぐさめてやればいいじゃないか。こんなとこでなにしてんだよ」

「おまえが泣かせたんじゃないか。いっしょに来いよ」

「いやだ」

ジュリオは、手を振り払うと、ミケルを正面からにらみつけた。

「だってリフィアはミケルの恋人だろ？　違うの？」

この挑戦的な物言いは、ミケルをむっとさせた。

ジュリオはミケルにはっぱをかけた。

「さあ、早く行けよミケル。なにしてんだ」

「言われなくても行くさ。二度とリフィアを傷つけるなよ」

「ばかだな、なにとんちんかんなこと言ってんだよ」

ジュリオは泣き出しそうな顔をそむけて言った。

「だから、さっきから言ってるじゃないか——もう僕は、二度とリフィアとは会わないんだ」

早く行ってやってよ、と、ジュリオは小さな背中をむけた。

四

いくつかの季節が過ぎた。

フィレンツェの街が、あるうわさに沸《わ》き立《た》った。芸術を愛する街ならではの、ちょっとしたさわぎになった。

人付き合いの悪いミケルは、みなから少しおくれて、ロレンツォからくわしいことを聞かされた。

場所は、メディチ宮の、ロレンツォの寝室である。そろそろ日が暮れようとしている。

「あのレオナルドが、ものすごい大作を描《か》いてると、街ではもっぱらの評判だよ」

「ふうん」

ミケルは、暖炉《だんろ》の上の彫刻を、デッサンし続けている。

「ふうん、て、君、知ってたのか？」

「いいえ」

デッサンの手はさらさらと流れ、まったく止まらない。このそっけない反応をみて、執務から戻ってきたばかりのロレンツォは、さも満足げにうなずいた。

「さすがはミケルだ。動じないな」

まったく動じない——といったら、うそになる。

だがいまのミケルは自分の技術を極めることで、頭がいっぱいだった。他人が何をどう描《か》こうが、気にする時間がもったいない。

いま取り組もうとしているのは、この部屋の暖炉《だんろ》の上を飾っているベルトルドの『騎馬戦士たちの戦い』である。前から気になっていたやつだ。デッサンしながら研究したうえで、同じ主題で彫《ほ》ってみようと思っている。

ところが、ロレンツォが意外なことを付け足した。

「モデルは、ジュリオだそうだ」

「ジュリオ？」

ミケルはぴたりとデッサンの手を止め、ロレンツォを見た。

「ジュリオが、またなんでモデルを？」

「さあ、どういう気まぐれかな」

ミケルは、紙にチョークをおろせなくなった。

集中できない。

（あいつ、レオナルドのモデルは、まるで解剖されるみたいでくたくたになるから、いやだってあれほどいってたくせに——まさか、またなにか変な条件をのまされたんじゃないだろうな。ほんとにばかなんだから——なにかあったのかな)

デッサンが一段落したところで、ジュリオを捜して部屋に行ったが、見当たらない。

(夕食前なのに、どこへ行ったんだ？)

ふと思い出して、屋根裏部屋にある、秘密の巣のほうをのぞいてみた。

驚いたことに、いつのまにか、箱を積み上げて作ったしきりがすべて取り払われていた。毛布さえ一枚もなかったし、ジュリオが最近ここに来た形跡は、まったくなかった。

つまりそこは、もはや巣ではなかった。

ジュリオは、いつからこの巣を必要としなくなったのだろう。

(あいつ、どこへ行ったのかな——レオナルドのところかな？)

気にかかる。

明かりとりの窓から夕焼けに染まるドゥオモをのぞこうとしたミケルの目に、たまたま一台の馬車が目にとまった。馬車は、ラルガ通りの路上に停《と》まり、メディチ宮の前に横付けされた。中から誰かがおりてくる。

(ジュリオ)

馬車からおりようとしたジュリオの肩に、誰かの手がしなやかにかけられた。レオナルドの長い指がジュリオの襟元《えりもと》のリボンを結びなおし、ついでに、ジュリオの金色の髪を撫《な》でて、乱れを直す。

そんな馴《な》れ馴《な》れしい行為が、ごく自然におこなわれ、ジュリオはそれを許していた。

ミケルは憤然《ふんぜん》とした。

（ほんとにばかなやつだ。なんで、あんな男に――）


「さわるな」

襟元《えりもと》のリボンを結ばれながら、ジュリオは顔を背けた。

「おまえなんか大嫌《だいきら》いだ」

よしよし、とレオナルドはジュリオの髪を甲斐甲斐《かいがい》しくなおしてやった。

「また連絡するよ」

ろくに返事もしないで、ジュリオは馬車からぷいと離れていく。

馬車が走り出すと、御者席に座っていたレオナルドの一番弟子が、多少やっかんだようすで師匠のレオナルドに声をかけた。

「なかなかなつかないですね。ばかだな。先生のありがたさを、ちっともわからないんだから」

「そうなんだ。涙が出るほどばかな子だよ」

　レオナルドは椅子《いす》の背にもたれると、深く切ないため息をついた。

「だが、ばかな子ほど愛《いと》しいよ。どんなに口では嫌《きら》いだと言っても、私が呼び出せば、必ず出てくるんだ。あのつんとした醒《さ》めた表情で――たまらんね。私も年かな？」

　くすくすと、可笑《おか》しそうだ。

薄暮《はくぼ》の迫《せま》るラルガ通りの石畳の上で、ドゥオモを見上げ、ジュリオはため息をついた。

　一番弟子アルベルトと、まったく同意見だった。

（僕は、ばかだ）

ジュリオが、とぼとぼとメディチ宮に戻ってくる。

上からその姿を見ていたミケルを、とつぜん不思議な感情が襲《おそ》った。

ミケルを襲った感情――それは、まぎれもない、闘争心だった。嫉妬《しっと》が、ミケルの本能の中に眠っていた闘争心を突然呼び起こしたのだ。

（レオナルドと、描《か》き競《きそ》ってみたい）

描き競うモデルはもちろん、ジュリオだ。


「おまえを描きたいんだ」

と食堂の真ん中で言ったら、ジュリオはびっくりして目を丸くした。

「いいよ？」

ミケルは憮然《ぶぜん》とした。

「顔がいやだって言ってるぞ」

「違うよ。ミケルがまだ僕を描《か》きたいなんて、ちょっと意外だったから——いまから？」

「ああ」

「どこで？　僕の部屋？」

「そうだな。居間だと集中できない」

そこで二人は燭台《しょくだい》に照らされた階段をのぼり、三階にあがった。

描き出す前に、ミケルには、ひとつ、言っておかなければならないことがあった。

「前みたいに、また、目の前で、破り捨てるかもしれない」

「腹を立てて？」

「悪く思わないでくれ。おれが未熟なせいだ」

「未熟、か」

リフィアとのおしゃべりが思い出されて、ジュリオは可笑《おか》しかった。

ミケルが自分の部屋から紙と銀筆を持ってきて、ようやく用意が調《ととの》った。

「脱ぐ？」

「ああ、上だけでいい——寒いかな」

紙を用意していたミケルはあわてて暖炉《だんろ》に薪《まき》を足しにいき、ジュリオは上着を脱ぎすてた。

「ポーズはどうする？」

と、暖炉の前に敷いてある毛皮の上に立ったジュリオは、あれこれ科《しな》をつくりながら訊《き》いた。デッサンのモデルがいかにもとりそうな、無難なポーズばかりである。

余計な癖《くせ》がついたな、とミケルは思った。きっとレオナルドのところでさんざん描《か》かれているうちに楽なポーズの取り方をおぼえたのだろう。

「いつか、リフィアのところで描いたナルキッソスを覚えてるか？　あれをちゃんと描いてみたいんだ」

「ああ、あれか」

ちょっと思い出すような表情になったジュリオは、片ひざを毛皮の上についたが、首をかしげた。

「こうじゃなかったな」

「上半身をちょっとこっちにひねってみて、そう、そのまま重心を前に——もうちょっと——目を伏せて——」

「こう？」

「そうだ、動くなよ」

ミケルはさっそく気合いを入れて描《か》き始《はじ》めた。

ジュリオは何げなしに尋ねた。

「ねえ、リフィアは元気？　二人の仲はあれからうまくいってるの？」

そういう他愛のない世間話が、まるでできないほど、ミケルはさっそくデッサンに集中してしまっている。レオナルドにはこうしたことは起こらない。

（しようがないなあ）

ジュリオは、しかたなくナルキッソスになりきることにした。

水面《みなも》に映る自分の姿にうっとりと見とれるのが、神話に出てくるナルキッソスである。

しかしあのときジュリオが見とれていたのは、リフィアだった。

（リフィアは、元気にしているんだろうか）

ミケルが、ここしばらくロレンツォの寝室の何とかいう彫刻と格闘していることは、ジュリオも知っている。

（ミケルったら創作に夢中で、リフィアをほったらかしてるんじゃないだろうな。十分あり得るぞ）

しかし、前にも思ったことがあるが、ミケルの要求するポーズはきつい。

姿勢が、いかにも中途半端なのだ。いくらもしないうちに、手足や腹筋ががくがくしはじめる。ジュリオにとってはちょっとした鍛錬《たんれん》にも似た時間になってしまう。

しかし、ジュリオは不平はもらさなかった。じっとこの鍛錬《たんれん》に耐えた。ミケルのことが、好きだからだ。芸術家として大成しようと一生懸命なミケルの役にたちたい。

やはり描《か》けない。

しばらくしてミケルは、思うように動かない自分の右手に腹を立てはじめた。

(なんであのときみたいに、さらさら線を引かないいんだよ)

ジュリオはまるで石のように、じっとしていてくれている。

ジュリオの好意を、ミケルは痛いほど感じた。ジュリオがミケルを好きだという気持ちは、こんなふうにいつでも純粋だった。

だが、ミケルのほうはそうはいかない。レオナルドのところから戻ったばかりのジュリオの裸を、さらさらと無心で描けるほど、ミケルは無邪気ではなくなっている。どうしたって邪念がまじる。

(くそ、これなら最初から描かないほうがましだったか)

ミケルはとうとう描く手を止めた。描けない。

それもこれも、みんな、レオナルドと、レオナルドに従順なジュリオのせいに思えた。

「描《か》けないの？」

ジュリオは、ひざを毛皮の上についたまま、首をかしげた。

「僕のせいなの？」

「もう、レオナルドに会うのはやめろ」

ジュリオは驚き、そして、精一杯に反論した。

「別に、会いたくて会ってるわけじゃない」

「弱みでも握られたのか？」

「そうじゃない。でもレオナルドがいなかったら、誰がかわりに僕を愛してくれるのさ」

「ばか言うな。レオナルドなんかいなくたって、みんなこんなにおまえのことを大切に思ってるじゃないか」

「みんな、僕が死んだジュリアーノにうりふたつだから、大切にしてるだけだ。早死にしたジュリアーノを愛し足りなかったから、かわりに僕を愛してるだけだ。僕の中身なんかどうでもいいんだ。小さいころはそれでもかまわなかったけれど、もう、ジュリアーノのかわりはいやなんだよ」

「ジュリアーノ？」

ミケルには、わけがわからない。

「おまえの死んだおやじが、どうしたっていうんだよ。おれはおまえのおやじのことなんかこれっぽっちも知らないが、それでもおまえが好きだぞ」

ジュリオは一瞬息をのんだ。

「じゃ、レオナルドのかわりになってくれる？」

ミケルがちょっとたじろいでいると、ジュリオは赤い顔を伏せた。

「別に、たいしたことじゃないよ。ただちょっと、背中を撫《な》でてくれればいいんだ。お父さんが子どもにするみたいに」

「お父さんって――おまえ、ひどく誤解してるぞ」

唖然《あぜん》として立ち上がったミケルは、ジュリオの隣に座り込むと、ジュリオの肩から背中をよしよしと撫でおろしはじめた。

「いいか、言っとくけど、おれはおやじにこんなことしてもらったことなんかないからな。絶対にない。弟が夜泣きしてぐずったってほっとくようなおやじだったから、かわりにおれがこうやって寝かしつけてたんだ」

それでか、とジュリオは苦笑した。

「なんだか力が抜けちゃうよ」

急にぐったりとしたジュリオは、柔らかい毛皮の上に丸くなった。なんだかひどく疲れているようだ。

「父親がほしいのか？」

うん、と小さくうなずいたジュリオに、ミケルは呆《あき》れて言った。

「お館《やかた》様だっているくせに、あんまり欲張るんじゃないよ。父親なんか、いたらいたで、結構わずらわしいもんだぞ」

小さな背中を撫《な》でながら、ミケルは不思議な気持ちがしていた。はじめてジュリオに会ったとき、この背中に、羽がはえていて、おもわず本物なんじゃないかと思った。

だがここに丸くなっているジュリオは、あのころのジュリオと、ずいぶん違うような気がする。

「おまえ、ちょっと最近変だな。なにかあったんだろう。話してみろよ」

「自分が情けなくてたまらないんだ」

「レオナルドのことか」

「それもあるけど、なんでこんなに死んだ父親が恋しいんだろう。恋しいっていうより、会いたいんだ。ジュリアーノに会って、僕とジュリアーノはまったく違う別の人間だっていうことを、たしかめたい。生まれ変わりなんて、いやだ」

「でも、死人に会うのは教皇《きょうこう》様でも無理だぞ」

「わかってるけど」

「わざわざ亡霊なんかひきずりださなくたってわかるさ。華《はな》のジュリアーノが、おまえみたいなやりたい放題のやんちゃ坊主だったはずない。おまえは、生まれ変わりなんかじゃないよ」

ジュリオはほっとうなずいた。ミケルなら、きっとそう言ってくれると思っていた。

「そうだよね」

「そうさ。ジュリオはジュリオじゃないか」

ミケルは、また変なことを思っていた。ジュリオの身体《からだ》は、けっして鍛えられた身体ではないが、こうして手で触れていると、メディチ家の他のメンバーと違って贅肉《ぜいにく》がまるでついてないから、おもしろいほど筋構造がよくわかる。肩をおおう僧帽筋を、上腕につなぐ三角筋、あばらをおおう広背筋、かしげた首にななめに走る胸鎖乳突筋——。

ジュリオが訊《き》いた。

「ねえ、もう描《か》かないの？」

ミケルはふんと鼻であしらった。

「もう描かないよ。いくらなんでもそんなしょぼくれた顔じゃあ描く気をそがれる」

「レオナルドは、しょぼくれた僕を描くのが好きなんだ」

「どこまでもひねくれたおやじだな」

そのおやじにかなわない自分が、情けない。

「なんでレオナルドに黙って描かせてるんだ。前は、解剖されてまた縫《ぬ》い合《あ》わされたみたいだから、いやだって言ってたじゃないか」

ジュリオは赤くなった。

「いまだって、死ぬほど恥ずかしいんだけど、どこか気持ちいいのも確かなんだ。彼には、なにも隠しようがない。表も裏もない単純構造のミケルにはわからないよ」

「わかってたまるか」

ふとミケルは悔しくなった。

(レオナルドにデッサンされるよりもはるかに恥ずかしい思いを、ジュリオにさせてやりたい。おれにできないだろうか)

できる——と、確信できた。

だが、それは銀筆によってではない。

ミケルは静かに銀筆をテーブルの上に置いた。

なにももたない両手をあげると、まず、ジュリオの肩に触れた。指先やてのひらが、ジュリオの首を、胸鎖乳突筋にそって耳元にのぼった。柔らかい耳朶《みみたぶ》。喉《のど》から顎《あご》、頬骨《ほおぼね》、眼窩《がんか》のぐるり。細く通った鼻筋。人中《にんちゅう》——唇《くちびる》——つんとすましたおとがい。

凹凸《おうとつ》や質感、肌の具合をひとつずつ確かめるようにふれていくと、もう、すぐにでも大理石を彫《ほ》りだせそうな気がした。ミケルの手は、さらに深くジュリオを確かめようとした。

ジュリオは、狼狽《ろうばい》した。

愛撫《あいぶ》ではない。

「なんだよこれ」

「デッサンだ」

レオナルドが銀筆を片手にじっとジュリオを見るときと、同じ種類の恥ずかしさが、ミケルがふれたところから骨までつらぬいていく。

まるで、ジュリオの中のどんな小さな骨や筋肉も、のがさず感じ取ろうとしているようだった。

怯《おび》えたジュリオは、ミケルの手を止めた。

「ミケルは、僕のことが好きなの？」

ミケルは、一瞬考えた。

「おまえを、レオナルドから奪い返したい」

「リフィアは、どうなる」

唐突な質問だった。え？　と、ミケルはジュリオを見た。

ジュリオは、ミケルの手を自分から払いのけた。

「なにやってんだよ。リフィアのことはどうするのさ。僕のことなんかにかまけてないで、恋人なら、もっと大切にしてやれよ」

ジュリオは、その場から逃げ出した。

ミケルが自分に深入りして好きになってしまうことが、怖かった。ひたすら逃げた。

ロレンツォがまだこの時間に起きていたので、ジュリオはほんとうに嬉《うれ》しかった。ロレンツォはいつでもジュリオが逃げ込むことのできる場所でいてくれる。

「この絵は、ジュリアーノに似ている？」

ロレンツォの寝室の壁にかかる肖像画を見て、ジュリオが尋ねた。ロレンツォは優しく答えた。

「さあ、似ているといえば似ているし、似ていないといえば似ていないな。肖像画としてはとてもよく描《か》けているが、実際のジュリアーノの輝きは、こんなものではなかった」

ジュリオは物憂げに亡父親の肖像画をながめた。

たしかに、自分に似ているとは思う。うりふたつだ。

「なんでジュリアーノは死んでしまったの」

嘆いて言った。

特別深い意味があって言ったわけではない。ロレンツォを責めたわけでもない。単に、悲しく思っただけだ。なんで父ジュリアーノは死んでしまったんだろう。思い出ひとつ残してくれずに。

「助けてやれなかった」

　ぽつりとロレンツォがつぶやいたので、ジュリオは顔を上げた。

「ジュリアーノを？」

「そうだ。助けてやれなかった。あの日、ドゥオモの下で」

　ジュリオは驚いた。ジュリアーノが殺されたときのことを、ロレンツォの口から聞くのははじめてだ。

　ロレンツォは、ソファに深く座りなおし、その日あったことをか細い声で話しはじめた。

「――ジュリアーノがいないのに気づいたのは、しばらくしてからだ。震えたよ。みんなでたてこもった聖具室に、ジュリアーノの姿だけがなかったんだ。いてもたってもいられなかった。外の大騒ぎが収まり、人の気配がなくなって、ようやくポリツィアーノがわたしを聖具室の外に出させてくれた。ドゥオモの大聖堂は、さっきまでの盛大なミサがうそのようにがらんと広くて、遠くに、誰かひとり倒れていた。わたしはなにか叫びながらあわてて駆けより、抱き起こそうとして、目の前で転んだ。足がもつれたんじゃない。見たら、あたり一面ジュリアーノの血だった。ジュリアーノの血だ。さっきまでジュリアーノの身体《からだ》の中を流れていた血が、大理石の敷石の上に流れていて、まだ温かいんだ。それに足をすべらせ、転んだ――」

　ロレンツォは目をかたく閉じた。

「あんなに穴だらけにされてしまった身体《からだ》を、見たことがない。数えたら、二十一も傷があったそうだ。あれじゃ助かるわけない。無惨だった。あんなに輝いていた命を、あいつらは、よってたかって、一瞬で——」

　声が苦しげにとぎれたので、ジュリオはあわてた。ロレンツォが、また発作をおこしたと思ったのだ。

「どうしよう、誰か呼んでくるよ」

　とびあがるように立ち上がったジュリオを、ロレンツォは腕をつかんで止めた。

「大丈夫《だいじょうぶ》だ。誰も呼ぶ必要はない」

「ほんとに？」

「最近、多くてね。この程度ならすぐおさまる」

　ロレンツォは、半ば立ち上がったままのジュリオを上から下までながめ、詠嘆《えいたん》した。

「みんなが、あの美しい天使を、競い合うようにして愛していた。兄のわたしは不細工《ぶさいく》で、ひねくれ者だったから、四つ下のあの弟を、ひどくやっかんだ。それでもわたしにくっついてこようとして、幼いジュリアーノはよく泣いたよ。つれない兄を慕《した》って泣くジュリアーノを、わたしはどれだけ愛《いと》しく思ったことだろう」

　ロレンツォは、目を閉じた。

「ジュリアーノは、あまりに深く愛されすぎたのかもしれない。わたしたち皆に——そして神に」


その少し前から、メディチ家が庇護《ひご》している若手の芸術家たちが何人も集まって、みんなでミケルをおとしいれようとしていた。

理由は簡単。ミケルがメディチ宮の大アトリエでとる態度が、あまりに生意気だったからだ。いかにロレンツォの寵愛《ちょうあい》このうえないとはいえ、目に余るものがあった。

そこでおこなわれたのは、いわれのない中傷、公然とした無視、仲間はずれ、道具隠し——要するに、『いじめ』である。

隠されたのは、大理石を刻む鏨《たがね》だ。

鏨なら、ロレンツォに頼めばいくらでも手に入る。でも、行方不明になったその鏨は、ルチアーノが最初にくれた、思い出の鏨だった。

「大人げない」

それが、十六のミケルの全感想だった。腹は立つが、つきあっていられない。

「やつらとかかわりあって自分をすり減らすのはごめんだ。すり減らすならもっとべつのことで、自分のためにすり減らしたい」

さすがミケルだと、ロレンツォはひどく感心したものだ。

たくさん弟子をとって共同作業をするのが常識だった当時の芸術家たちのなかで、唯一ミケルだけが、このころから、孤高の一匹狼《いっぴきおおかみ》を貫くことになる。


しかしジュリオがレオナルドのモデルになったことだけは、ミケルの精神を消耗させずにはいられない。

どうしたらレオナルドの描《か》くジュリオに勝つことができるか——そればかり考えるようになったミケルは、重いスランプに陥《おちい》った。何をどうつくればいいのか、考えれば考えるほど手が動かなくなる。

悩みながらひとつ大理石の浮《う》き彫《ぼ》りを仕上げたが、けっしていい出来ではなかった。サロンでの評価も高くなかった。

ミケルを敵対視する芸術家たちも、ここぞとばかりにさんざんにけなした。

さすがのミケルも落ち込んだ。

「傑作ばかりつくり続けるなんて、無理なのかなあ。おれはいつも、これがおれの代表作になればいいと思いながら、一生懸命つくってるのに」

「評価に負けちゃいかんよ。その時代との相性、というものもあるからね」

すっかりやせてしまったロレンツォが、なんとか励まそうとする。

「君は、あの図書館の中庭ではじめて会ったとき、わたしにこう言ったよ。千年先の人々だって大切にしてくれるものをつくりたいとね。その考え方でいいんじゃないのか？」

ミケルはすっかり自信を喪失している。

「どうせおれは未熟だから」

と、ひと思いに作品を壊そうとしたミケルの手を、ロレンツォが止めた。

「ミケル。人間を二種類に分けるとすれば、どう分けるね」

「おれみたいに未熟な人間と、そうでない人間に分ける」

「大間違いだ。人間を二種類に分けるとすれば、君のように、自分が未熟であることを気づき恥じる人間と、自分が未熟であることに一生気づかないおろかな人間の二通りしかないよ。どっちにしろ未熟なんだ。この世の中に、未熟でない人間などいない」

「そうかなあ」

「そうとも。恥を知らないやつらのことばに左右され、時間を浪費するのはやめるんだ。自分が、明日死ぬと思いなさい」

「死ぬ？」

「そうさ。明日君は瀕死《ひんし》の重傷を負う。そのとき、今日という日を浪費したことを悔やみながら死ぬことになってもいいのか？」

「それは、いやだ」

「よし、人体解剖に行ってきなさい」

ミケルはのけぞった。

「なんでいきなり解剖なんです。冗談ですか」

「冗談じゃない」

ロレンツォはミケルのためを考え、大真面目だった。こうしてミケルのためにさける時間も、もはや、わずかしか残されていない。

「いま、君の頭はあれこれ悩んでいる。神が下された奇跡の手は、仕事をしたいと願いながら、頭の命令で動けないでいる。二本の手のいうことにも、耳を傾けなさい。頭なんかのわがままにつきあうことはない。一度、解剖を見学してごらん。えらそうなことをいってる頭が、じつは、他の器官とまったく同等だということが、一目瞭然《いちもくりょうぜん》だから」

「そんなもんかな」

臭《にお》いがいやだなんていって、逃れられる雰囲気ではない。

そんなある夜、ミケルが寝ていると、誰かがこっそり扉《とびら》を開け、部屋に入ってきた。

ぷん、と酒が臭った。

（誰だ？）

ミケルが寝台の中で寝たふりをして息を殺し、場合によっては返り討ちにしてやろうとこぶしをかまえていると、その不審人物は、なにかをテーブルの上に置いた。

かち、と金属音がした。

ほぼ同時に、かわいいしゃっくりがひとつ聞こえたので、ミケルは耳を疑った。

「ジュリオ――？」

きゃっと小さな悲鳴を上げたジュリオは、あわてて逃げだそうとして、暗闇《くらやみ》の中なにかに躓《つまず》いて転んでしまった。いや、酔っていて足がもつれたのかもしれない。

ミケルは呆《あき》れてしまった。

「何こそこそしてるんだよ」

ジュリオは、ばつが悪そうに座り込んでいる。

ランプの火を大きくしてよく見ると、テーブルの上に置かれたのは、なんと、ミケルの鏨《たがね》だった。大アトリエで使っていたのが、先日来行方がわからなくなっていて、おそらくは、ミケルをやっかむ芸術仲間のいやがらせだと思っていた。

くやしくて、あきらめきれなかったものを、どうやらジュリオが取り戻してくれたらしい。

そのかわり、ジュリオはぐでんぐでんに酔っていた。

「取り戻してくれたのか？　でもどうやって」

「酔いつぶしてやったんだよ。パウロってあんなにでかい図体して、僕よりお酒に弱いんだ。笑っちゃうね」

あははと笑うジュリオもほとんどつぶれかけている。ミケルは呆《あき》れてしまった。

パウロもジュリオを崇拝《すうはい》してやまない若い芸術家のひとりである。きっと二人で飲めて幸せだったことだろう。下心があったかもしれない。だとすればあぶないあぶない。

「なんでおまえはいつもそうなんだよ。頼みもしないのに」

ジュリオはとろんと潤《うる》んだ瞳《ひとみ》をミケルにむけた。

「だってそれ、ミケルの大事なんだろ？　やつが見せびらかしてたのを聞いたんだ。これはミケルの大事だってね。大事がなけりゃ、ミケルが困るじゃないか。ミケルが困ったら、リフィアが困る」

「リフィアのためかよ」

しまった言いすぎた、とジュリオはあわてて赤い顔をこすった。

ミケルは微笑《ほほえ》んだ。

「ま、どっちでもいいさ。ありがとうよ」

座っていてもふらふらしているジュリオの隣に座り込んで、背中を撫《な》でてやると、ほめられたジュリオは上機嫌《じょうきげん》になり、ミケルにもたれて気持ちよさそうに目を閉じた。

「レオナルドのモデルも、やめたからね」

ミケルは驚いた。

「なんで」

「いいじゃない。絵も、盗んできちゃった。僕のベッドの下につっこんであるけど、ミケルには見せてやらないよ」

くすくすっと肩をすくめて笑うと、すとんと眠りに落ちた。

(ベッドの下？)

ミケルはさすがに青ざめた。いくらジュリオがモデルの絵とはいえ、ヨーロッパ中の王侯諸侯が招きたがる巨匠《きょしょう》レオナルドの絵を盗み出して、ベッドの下につっこんである？

(なんて天使だ)

ミケルの腿《もも》を枕《まくら》に、ジュリオはぐうぐう眠っている。いったいなにをどれだけ飲んだんだろう。

いつもの挑戦的な笑顔はない。悲しそうな表情でもないが、特に幸せそうな表情でもなかった。まったく意識がない。きっと夢も見ていないだろう。

その無防備な寝顔を見て呆《あき》れているうちに、ミケルはなんだか無性に描《か》きたくなってきた。

描きたくてならない。こんな呆れた天使をひざの上に載せている芸術家は、ヨーロッパ広しといえどもミケルしかいないのだ。

久しぶりに、こんな気持ちにさせられ、ミケルの手がうずうずした。うまく描《か》けないかもしれないが、それでもやはり描きたい。

(ちくしょう。おまえはおれの、永遠の課題なのかもしれないな)

かろうじて手の届くところにあったチョークと、すでになにかをデッサンしてあった小さな紙の裏に、ミケルは夢中でデッサンした。

描きながら、何度も思った。レオナルドのモデルをやめるなんて、ほんとうにばかだ。名画のモデルとして、歴史に名を残したかもしれないのに。

「おれのために、またばかをやったのかよ」

ひざの上のジュリオは、答えない。

ミケルはこのときしみじみ思った。本当の自分をわかってくれる人なんて、この世にたった一人か二人しかいない。

(でも、おれにはそれだけで十分だ——)

翌朝早く。

ミケルいるか？　と、ポリツィアーノが部屋の扉《とびら》を叩《たた》いた。

声が硬い。

扉を開けると、どこか表情も硬かった。青ざめている。

「ひょっとして、ジュリオもここにいる？」

「ええ」

ミケルはどきりとした。言わんこっちゃない、レオナルドの絵のことがばれたんだと思ったミケルは、すぐに、いっしょに謝ってやろうと腹を決めた。ほんとになんてことをするんだろう。

（絵の具がはがれたりしてなきゃいいが――）

だが、ポリツィアーノが低い声で言ったのは、予想もしなかったことだった。

「じつはねミケル、さっき、カレッジの別荘でロレンツォが倒れたそうだ。――今度はちょっといつもとようすが違うらしい。ジュリオに、今日はどこにも外出しないように言ってくれ。ミケルもだよ」

いいね、と、目で念を押した。

「みんなでカレッジに行くことになるだろう」

見舞いに――ではなかった。

サン・マルコの彫刻回廊でミケルがロレンツォと出会ってから、まもなく三年の月日がたとうとしていた。

ミケルの番が来た。

沈痛な雰囲気の漂う大部屋を出て、ロレンツォの寝室にはいると、ミケルの顔を見たとたん、ロレンツォがベッドの上で苦笑した。

「くそ、君を、ローマに連れていってやりたかったな——あの遺跡群を前に、アルベルティ先生がわたしに説明してくれたことを、そっくりそのまま君に伝えなければならなかったのに」

それだけ聞いただけで、ミケルは胸がいっぱいになってしまった。

ほんとうにこれがロレンツォの遺言になってしまうのだろうか。

ロレンツォは、ミケルをそばに招き寄せ、手を取って、言った。

「ミケル——おまえのこの手は、底知れない才能を持っている。武器、と言っていいだろう。君はこの武器をさらにとぎすまして戦うこともできるし、しまいこんでさびつかせておくこともできる。この武器で悪魔と敵対することもできるし、逆に悪魔となって、人々を恐怖させることもできる。富と名声を得る道具として使うこともできるし、いまだ見ぬ誰かを、幸福感で満たすこともできる——君の作品は、ひとに勇気を与え、力を奮い起こさせる。自在にひとを祈らせることができる」

ミケルの手を、ぽんぽんと軽く叩《たた》いた。

「どうこの武器を使うかは、持ち主の君次第だ。使うなら、うまく使いこなせ。間違って

もこの強力な武器に、振り回されるんじゃないぞ」

ちょっと疲れたのか、ロレンツォはそこで一息ついた。言いたかったことをなんとか言い終え、ほっとしたのかもしれない。目元が微笑《ほほえ》んだ。

「どうかリフィアと仲良くやってくれ――そうだ、君に、わたしの墓碑を刻ませるよう、息子たちに言いつけたよ。受けてくれるかね」

ミケルは胸をいっぱいにしてうなずいた。

「いつか、必ず」

ロレンツォは子どものように嬉《うれ》しそうな顔になった。

「なあ、いい男に彫《ほ》っておくれよ。物思いに耽《ふけ》る、青年のころの像がいいな。のちの世の人々が、おや、ロレンツォはこんなにいい男だったのかと、驚くくらい」

いや、だめだだめだ、とロレンツォは笑いながら首を横に振った。

「たとえ依頼主が教皇《きょうこう》であっても、わがままな注文に、そのまま応じるような仕事をしてはだめだ。もっとずぶとくならねば」

ロレンツォは、目を閉じた。

「感謝しているよミケル。すばらしい時間をありがとう――忘れないで――千年先だ」

ようすを見た侍医《じい》が、そろそろ辞去しろとミケルに目で合図した。ロレンツォは最後にもう一度だけ繰り返した。

「千年先だぞミケル」

ミケルは声もなくロレンツォの手を握りしめた。

ただ単に西洋一のパトロンを失うというだけではない。ロレンツォはまさに、父親以上の存在だった。これほどまでに自分を深く理解し、深く愛してくれた人はいない。

ミケルは、声を殺して泣いた。泣かずにはいられなかった。

人前でミケルが泣いたのは、これが最初で最後のことだった。


ジュリオは混乱していた。

愛してくれる人を失う恐怖に震えていた。

「おまえのことが、いちばん心配だ」

ロレンツォは、胸にしがみついて離れないジュリオの頭を撫《な》でながら言った。

「ピエロ（ロレンツォの長男、跡継ぎ）では、とても持ちこたえられないだろう。いろいろ手を打っておいたが、それでもせいぜい二年が限界だ。最悪の場合、メディチ家は、フィレンツェを追われるだろう。おまえにとっては、つらい日々が待っている」

「いやだよ」

「しかたないさ。時代が大きく動いているんだ。変革を迫《せま》るものたちがおまえの前に現れても、決してそのものを、弾圧してはならないよ。弾圧して押さえるなど、もはやできないからだ。時代が許さない。そんなことを、この頭のどこかで覚えておいてくれ」

 ジュリオは泣いた。ロレンツォを失うことが、恐ろしくてならない。

「置いていかないでよロレンツォ」

「かといって、連れていくわけにもいかんしなあ」

困ったロレンツォは、苦笑するしかない。

「いいかいジュリオ。おまえの両親は、立派なキリスト教徒だった。二人になにか罪があったから、おまえとリフィアが双子で生まれたなんて、夢にも思ってはならないよ。いいね」

ロレンツォ豪華王《イル・マニフィーコ》は、ジュリオを見つめた。

「泣くんじゃないよ。これまでいろいろ美しいものを見てきたが、やはりおまえが、わたしのいちばんの宝だ。なにものにもかえがたい」

「ロレンツォが死ぬはずないよ」

ジュリオには、そんなことは認められなかった。

「ロレンツォが死ぬはずない」

いよいよ死期が迫《せま》り、ピサで神学を学んでいたロレンツォの次男ジョヴァンニ枢機卿《すうききよう》（一六歳）も駆けつけてきた。

ミケルは、いらいらしていた。そっとポリツィアーノに訊《き》いた。

「リフィアは呼ばないんですか」

「呼ぶなという、ロレンツォの命令だ」

「でも、お館《やかた》様のことをどれだけ案じているか——お館様だって、最期《さいご》に一目、リフィアに会いたいはずだ」

「リフィアのことは、メディチ家の誰にも知られたくないんだ。ここに呼べば、必ずあれは誰だと追及され、根も葉もないことをささやかれる。面倒なことに巻き込みたくない。それにリフィアは、もう何年も前からロレンツォの病状が進むのを見てきた。かわいそうだが、覚悟はできているはずだ」

ミケルにはリフィアとロレンツォのどっちも哀れでならなかった。きっとリフィアは、ロレンツォが危篤《きとく》だという知らせを聞かされ、ロレンツォのためになにもできない自分にもどかしさを感じているに違いない。

午後になって、はげしい雷が、トスカーナの空に何度も走った。メディチ家の菩提寺《ぼだいじ》サン・マルコ修道院長のジローラモ・サヴォナローラが、カレッジに到着した。ロレンツォに、最期の儀式をおこなうため、呼び寄せられたのである。

サヴォナローラは、謹厳な修道士である。

腐敗した教会制度には大改革が必要だと考え、フィレンツェ市民の退廃堕落した暮らしぶりを説教台から激しく糾弾してきた。また、フィレンツェの事実上の独裁者ロレンツォの近々の死を、高らかに預言してはばからなかった。

「あなたは信仰を持っているか」

黒衣の修道僧の問いに、ロレンツォはやっとの思いでうなずいた。

「あなたは信仰に従って生き、信仰に従って死ぬ覚悟があるか」

ロレンツォはうなずいた。

「祈りを――」

サヴォナローラは最期《さいご》の祈りを唱えはじめ、ロレンツォもそれをとぎれとぎれに唱和した。

続いてロレンツォは、生涯に犯した三つの罪を告解《こっかい》し、神の赦《ゆる》しを乞《こ》うた。一四七二年にヴォルテルラを理由なしに攻撃したこと、財政の危機を招いたこと、そして、パッツィ家の陰謀に対する処罰があまりに厳しかったことを懺悔《ざんげ》したのである。

サヴォナローラは、ロレンツォに三つの条件を与えた。つまり、ロレンツォの犯した三つの罪を赦すためには、三つの贖罪《しょくざい》（罪を償うこと）が必要だと言ったのだ。

「まず、神への信仰が誠実であること」

ロレンツォは、うなずいた。

「わたしの信仰は、絶対だ」

「不当に得た財産を、すべてその持ち主に返すこと」

「承知した」

サヴォナローラは、三つ目の条件を言った。

「フィレンツェ市民に、自由を返すこと」

そのとたん、苦しげだったロレンツォの表情が、さらに歪《ゆが》んだ。

フィレンツェ市民に自由を返すことはすなわち、共和政を復活させることである。だがいまこの混乱した国際情勢のなかで軽快な政治行動を起こせなければ、軍事力を持たないフィレンツェなどたちまちどこかにのみこまれてしまう。フィレンツェを滅ぼすことはできない。ロレンツォにはフィレンツェを守るという絶対使命があった。祖父や父から譲《ゆず》られたこの使命を懸命に果たすために、ロレンツォは自分の人生を捧《ささ》げてきたのではなかったのか。

「だめだ、できない――」

サヴォナローラは、さげすんだ。

「卑《いや》しい独裁者め。ならばあまんじて罰を受けるがいい」

黒衣に包まれたサヴォナローラがさっときびすを返すのを見て、瀕死《ひんし》のロレンツォは魂を裂かれる思いで唇《くちびる》を震わせた。

まわりで成り行きを見守っていた親族や親しい友人たちも、これには驚いてひとり残らず立ち上がった。サヴォナローラが赦免《しゃめん》を与えないなんて、誰が予期しただろう。このままではロレンツォは、臨終の秘蹟《ひせき》を受けないまま、この世を去らねばならない。永遠の断罪に直面させせられてしまう。

「お待ちください院長先生。これではあんまりだ」

サヴォナローラは臆《おく》することなく、自分を囲んだ男たちをひとりひとりにらみ据《す》えた。なんともたいへんな恫喝《どうかつ》力《りょく》である。みんなぞっとした。

「おまえたちも、この瀕死《ひんし》の罪人の死に様を見て、それぞれ胸に手を当てて反省するがい い。この世の富と贅沢《ぜいたく》を求めてあくことなく、神に祈ることを忘れ、利己的な快楽に恥ずかしげもなく陶酔《とうすい》していたのはいったい誰だ。古典研究だの新しい芸術だのといって、異教の文化を崇拝《すうはい》し、裸像を飾り、世俗の堕落《だらく》を促進したのは誰だ。おぞましい男色をはびこらせ、街を汚れた売春婦だらけにしたのは誰だ。悔い改めよ。豚のように日々をおくるおまえたちこそ、不徳の温床だ。悔い改めよ。鞭《むち》はいつでも振り上げられている。神がおまえたちのようなものを、いつまでもお許しになると思っているのか」

愕然《がくぜん》と身を震わせる男たちをあとに、サヴォナローラは別荘を去った。

ロレンツォは力つきようとし、もうあえてなにも言わなかった。サヴォナローラという修道僧の姿をかりた中世が、新しい時代の到来に抗《あらが》おうとしているのだ。これが、ほとんど最後の抵抗になるだろう。

（教皇《きようこう》に破門されたことさえある身だ。ま、しようがないかな――）

激しい雷雨がまだ続くなか、まもなく一頭の馬が駆けだした。

ミケルだった。雨の中を、ただひたすら走り続けた。

ここからなら、さほどの距離はない。

馬が駆ける足音を、遠くから聞きつけたのだろう。

驚いたことに、リフィアが街道までまろび出てきた。雨にも打たれたが、すでに半分泣き顔になっている。

「リフィア」

「ミケル――亡くなられたの？」

「まだだ」

ミケルは馬上から、手をさしのべた。

「来い」

リフィアは驚いた。リフィアだって駆けつけたいのは山々なのだ。

「でも、私は、みなさんの前に出ることはできない——そうロレンツォが」

「来るんだ」

ミケルには、怒鳴《どな》りつける間も惜しまれた。

「もう、間に合わないかもしれない」

そのことばを聞いて、リフィアの理性が一度にふきとんだ。ロレンツォが息を引き取る前にひとめ会いたかった。ミケルの駆る馬に乗って走り出せば、なぜもっと早くロレンツォの元に走らなかったんだろうとさんざん悔やまれた。

ミケルが、はきすてるように言った。

「サヴォナローラが、お館《やかた》様に死に際の赦免《しゃめん》を与えなかった」

リフィアは耳を疑った。

「どうして」

ミケルは唇《くちびる》をかんだ。

(あのまま行かせるわけにはいかない。間に合ってくれるといいが——)

気がつくと、別荘にいたムーア人たちがうしろから二人を追いかけてきていた。リフィアを連れ戻そうというのではなく、いっしょにロレンツォのもとに駆けつけようとしているのだ。

カレッジの別荘に到着すると、皆沈痛な表情でうつむいている。さては間に合わなかったかと一瞬思ったが、そうではなかった。みな、サヴォナローラの言いのこしたことに衝撃を受け、我と我が身をかえりみておののいているのだ。

サヴォナローラほど、その場の空気をどんよりと澱《よど》ませる名人はいなかった。彼が通る街角は、必ず暗い雰囲気に押し包まれる。

（くそ、こんなときに――）

「おやミケル、そちらは誰だね」

寝室の手前の控え室で、ロレンツォの長男のピエロが、リフィアに気づいてたずねてきた。

リフィアを知る何人かのロレンツォの友人たちは、リフィアがここにいるのを見て驚いた。

傷心のジュリオも、顔を上げて驚いた。

（リフィア）

ミケルは、とっさに口からでまかせを言った。

「あ、その――おれの、許嫁《いいなずけ》なんです。いちど会わせろって、前からお館《やかた》様に言われてて」

目を覆《おお》いたくなるほど下手な芝居に、ポリツィアーノはあわててミケルとリフィアを寝室に招き入れた。

ロレンツォの耳元でささやこうとして、さすがのポリツィアーノも涙ぐんだ。

「おいロレンツォ、驚くなよ。リフィアが来てくれた。おまえの大切なリフィアだ。ミケルが連れてきてくれたんだ」

神の赦免《しゃめん》を与えられないまま、いままさに息を引き取ろうとしていたロレンツォは、それを聞いて、目を開いた。

「リフィア？」

駆けよったリフィアが、しっかりと手を取った。しかしロレンツォの顔に、すでに死の影が浮かんでいるのがわかる。かろうじて間に合ったのだと思うと、リフィアの胸に迫《せま》るものがあった。

「どうしたのロレンツォ、どこがそんなに痛むの？　さすってあげるから言って」

「いや――もう痛みはないんだよリフィア。不思議とね、ほら、もうどこも痛まないんだ」

ロレンツォはかろうじて指先を動かしてみせた。リフィアの胸はいっぱいになった。何年来あれほど苦しんできた痛みから、ロレンツォはとうとう解放されたのだ。

「おまえの顔が見たい。起こしてくれるかい」

「ええ」

リフィアはいとも嬉《うれ》しそうに微笑《ほほえ》むと、ロレンツォのベッドの上に上り、やせ衰えたロレンツォの上半身を起こした。ポリツィアーノも反対側から手伝った。

リフィアはロレンツォを自分にもたれさせるようにして、しっかりと抱いた。

ロレンツォは、安らかに息をつくと、リフィアを見つめ、夢見心地《ごこち》でつぶやいた。

「おまえをエスコートすれば、どんな国の社交界だって征服できる」

リフィアは笑った。

「じゃあ、連れていってよ」

いや、とロレンツォは残念そうに首を横に振った。

「今日は、さすがにちょっと疲れたよ。なんだかいろいろあってね」

リフィアはロレンツォの髪を撫《な》で、静かに言った。

「だから、いつも言ってるじゃない。ロレンツォはこの街《フィレンツェ》のために、少し忙しく働きすぎなのよ。少しこうして休んで——」

リフィアはまさに死にゆくロレンツォを、しっかりと支えた。

だが、その顔にミケルが見たのは、悲しみではなかった。

何年かのち、ミケルはローマでひとつの彫刻仕事を請《う》け負《お》うことになる。与えられた主題の名は『ピエタ』。

ピエタということばは、もともと「同情」とか「哀れみ」という意味だが、芸術上は、「聖母子像の中でも、特に、十字架にかけられて死んだイエスを抱いて、悲しむ聖母マリアの像」をさす。

ローマ帝国を揺るがすほどの宗教改革をおこしたあげく弟子に裏切られ、民衆の前で磔《たっ》刑《けい》にかけられた我が子イエスの遺体が、ようやく母マリアの前におろされた。

変わりはてた息子の身体《からだ》をようやく抱きしめることができたマリアが、いったいどんな表情をしていただろうとミケルが思ったとき、このときの——ロレンツォを失ったときのリフィアの表情以外には、考えられなかった。

蒼白《そうはく》な顔に浮かぶのは、もはや悲しみではない。

やっと、私のところに戻ってきてくれた
もうこれからは、ずっといっしょです

天使が息をふっと吹きかけ、魂と身体をつないでいる糸を切った。

「ああ、亡くなられた——」

リフィアは目を閉じ、天を仰いだ。

まさにその瞬間だった。ロレンツォ豪華王《イル・マニフィーコ》は、永遠にかえらぬ人となった。

四十三歳と四か月の、祝祭にも似た生涯だった。最良のパートナーだった弟を宵宮で失ったが、それでも、みなでいっしょに楽しもうと常に先頭で指揮をとり続け、盛大な本祭りの続くそのさなかに、病魔に襲われ、力つきたのだった。

五

遺体がフィレンツェに戻ったのは、翌日だった。

葬儀《そうぎ》はくれぐれも質素に、とロレンツォ豪華王《イル・マニフィーコ》は言い残したが、彼を愛してやまないフィレンツェ市民が、それを許さなかった。

いうまでもないことだったが、この卓越《たくえつ》した外交手腕をもったフィレンツェ指導者の早すぎる――そして、予期せぬ死は、イタリアじゅうの宮廷に衝撃を与えた。ここ数十年保たれてきたイタリアの平和は、ロレンツォの絶妙な外交政策のたまものだったのである。

「終わったなあ」

フィレンツェの市門をくぐったとき、ポリツィアーノが、ぼんやりとミケルに言った。

「ひとつの時代が終わったんだ。本来ならば、これからが、政治家としての円熟期だったのに」

メディチ宮は、主《あるじ》を失ったばかりで、どことなく落ち着かない。

さすがのミケルもがっくりと気落ちし、落ち着かなかった。

「これからフィレンツェはどうなるんでしょう」

「そうだな。跡を継ぐピエロは、いままで以上に気前よく金をばらまき、私たちを楽しませようとするだろう。だが、光は、どうしても色褪《いろあ》せて見えるよ」

ポリツィアーノはしきりに目をしょぼしょぼさせた。

「豪儀《イル・マニフィーコ》な殿の時代が、終わったんだ」

フィレンツェがロレンツォ豪華《イル・マニフィーコ》王を失ったこの年——一四九二年は、コロンブスがアメリカ大陸にたどり着いた年でもある。

またこの年、スペイン人枢機卿《すうききょう》ロドリーゴ・ボルジアが教皇《きょうこう》に選出され、アレクサンデル六世を名乗った。

グラナダが陥落し、イスラム勢力がイベリア半島から完全に駆逐《くちく》されたのも、この年である。時代が、大きくうつりかわろうとしていた。


華麗な祝祭の季節は終わった。

快活な歌声はもはや響かなくなった（中略）もはや「確かな明日」がなくなっていた。

（中略）イタリアが歴史の主役から「単なる舞台装置」の地位へと転落する（後略）。

『物語　イタリアの歴史』（藤沢道郎著　中公新書）より

ロレンツォの遺体に最後の別れを告げ、表に出てきたリフィアとミケルの前に、黒い僧服が立ちはだかった。

サヴォナローラである。

じっとリフィアを見つめている。

「リフィウターータ」

と、名を呼んだ。

いったい今度はなにがはじまるのかと、ミケルははらはらした。サヴォナローラはリフィアがなにものか知っているのだろうか。ロレンツォの最期《さいご》をリフィアが看取《みと》ったことを、誰かに聞かされたのだろうか。

宗教施設で育ったリフィアは、僧服の前に自然にひざまずき祝福をうけようとすると、サヴォナローラも型どおりに祝福を与えた。

リフィアは感謝して言った。

「ありがとうございます」

「おや、変わった声だな」

リフィアは思わず赤くなった。この低く落ち着いたかわいげのない声に、リフィアは多少のコンプレックスをもっている。

するとサヴォナローラは、ミケルにむかって、とびあがるようなことを言った。

「巫女《みこ》とは、このような声で預言するものだろうかね」

意味ありげな笑みが、怪僧の口元に浮かび、ミケルは総毛立った。

そのままサヴォナローラはなにごともなかったかのように、建物の中に入っていった。

ミケルはひどく焦《あせ》った。やはりリフィアははやく別荘に帰さねばならない。こんなところにおいておけば、ろくなことがないような気がする。

すると不安はすぐさま的中し、今度は、反対側からリフィアに近づく影がある。

「おお、これがリフィアか」

失礼、とひざまずくと、その長身でハンサムな紳士はリフィアの手をおしいただき、世にも典雅な作法で接吻《せっぷん》した。ミケルは仰天《ぎょうてん》した。

(なにするんだこいつ。女の子にも手を出すのかよ)

にっこり笑ってリフィアを見つめた紳士は、そのままリフィアたちを追い越す形で、すばらしい仕立てのマントをひるがえして建物の外へ去っていった。喪服が似合いすぎる。

一瞬の出来事に、リフィアは息をのんだ。

「え、誰?」

「あれが、レオナルドだ」

と、ミケルはリフィアの手を引っぱって歩き出した。あれが？　と、リフィアは驚いた。

「ジュリオが言っていたのとは違う——まるで、私がどこの娘か知っているみたいな、そんな顔をしてなかった？　ほら、隣の家のおじさんみたいな」

「あいつが隣人なら、おれは引っ越す」

と、ミケルはにべもない。

レオナルドが、なんでリフィアを知っているのだろう。ジュリオがしゃべったのだろうか。

（おしゃべりめ）

とにかくミケルはメディチ宮の中庭で、リフィアを馬車に乗りこませた。最初別荘までついていく気だったが、リフィアが、その必要はないと言う。

「ほんとに、別荘まで送らなくて大丈夫《だいじょうぶ》か」

「大丈夫よ。ほら、みんなもついていてくれるし」

ロレンツォの死に傷心しきったムーア人たちが、それでもリフィアを守ろうと、馬車のまわりをかこんでいる。

「じゃあ、すぐようすを見に行くよ」

「私のことは心配しないで。落ち着くまで、こっちもいろいろと大変でしょう？」

ミケルには、ちょっと意外だった。

「おまえが、もっと、泣くかと思ったな」

本物の父と娘以上に、お互いを大切にしていた二人だったから、ロレンツォの死に目にあったら、リフィアは絶対取り乱すものと思い、ミケルは覚悟していたのだった。

リフィアは結局、涙ひとつ見せなかった。

ミケルは、かなり拍子抜けしている。

「また、無理してんじゃないだろうな」

するとリフィアは小さく笑った。

「だって――ほら、私は、慣れてるから――」


たしかにインノチェンティのような施設で育ったリフィアには、人の死なんて日常茶飯事だったのかもしれない。ミケルよりもよほど落ち着いていた。

（しっかりしてるなあ）

このとき、ミケルがリフィアを無理を押してまで別荘まで送らなかったのには、もう一つわけがあった。ジュリオが、予想どおり落ち込んでいて、目も当てられない。

何日か、食事ものどを通らないようだった。ミケルにはそれがひどく気にかかっていた。

捜したが、客たちの集まっているサロンにも、食堂にも、ジュリオはいない。部屋にもいない。

念のためと思って、屋根裏の、巣があったところをのぞいてみると、そこにいた。大きな木箱にもたれて、毛布にくるまっている。

「みっともないだろ」

ジュリオは苦笑した。

「これほど自分が情けない人間だとは思わなかったよ。ロレンツォのあとを追いたくなるなんて」

「ばかなこと言うなよ」

「じゃ、下で誰か僕のことを捜してる？」

ミケルは胸をつかれた。ジュリオはいったいいつからここでこうしているのだろう。しかし階下でジュリオを捜していたのは、自分だけだった。

「おれは、さんざん捜したぞ？」

「でも、ミケルだけだ」

ほらね、と、ジュリオは顔を伏せた。

「ロレンツォにとって僕は、大切な弟の忘れ形見だったけれど、ピエロたち兄弟にとっては、ただのいとこにすぎない。それも、さんざんいがみあってきた、やっかいものだ」

「だからどうだって言うんだよ」

「どんなに街で人気があっても、僕は、ひとりぼっちだ」

「それでお館《やかた》様のあとを追おうなんて考えてたのか？　おまえ、ほんとにばかだな。顔を上げてちゃんと見ろよ。おまえには、おれがいるじゃないか」

ジュリオはミケルを見ることができなかった。

「だめだミケル。もう行ってよ」

「行かない」

「なにしてるのさ、こんなところで」

「おまえこそ、こんなところにいてどうするんだよ」

「いたいんだから、いいじゃないか」

ジュリオは毛布をひきつけ、ますますひとりでひきこもろうとする。

これじゃ埒《らち》が明かないと思ったミケルが、窓の外の鐘楼《しょうろう》を見た。

「じゃあこうしよう。五時になったら食堂で食事の用意ができるから、鐘が鳴ったらとりあえず二人で下におりて、なにか腹に入れよう。おれは腹ぺこなんだ。そのあとどうするかは、またそのとき考えればいい。鐘が鳴るまではここにいる。それでどうだ」

なんだよそれ、と、ジュリオはそっぽを向いた。

「食べに行くならひとりで行けよ」

「じゃ、なんかここに持ってきてやるよ」

ジュリオは舌打ちした。

「おせっかいだな、僕のことなんかほっとけよ。ミケルの新しいパトロンは僕じゃない。ピエロだ。いくら僕にかまったところで――」

そのとき、ジョットーの鐘が鳴りはじめた。

ミケルは、目を細めた。

「待ってろよ。おまえの好きな固焼きビスケットを、たんまり持ってきてやるからな」

身軽く立ち上がったミケルは、あっというまに木箱のむこうに消えてしまった。突然放《ほう》り出《だ》された錯覚を覚え、ジュリオは思わずあたりを見回した。

「ミケル」

鐘が鳴っている。

心細くなったジュリオは、こんなところでひとりでいることにいたたまれず、あわてて毛布をはねのけミケルのあとを追った。気がついて振り返ったミケルは、首をかしげた。

「クルミパンのほうがいいのか?」

ジュリオの視界が涙で曇った。

ミケルが、自分のことを心配してくれている。

「ロレンツォが病気だなんて、ちっとも知らなかったんだ――」

顔を覆《おお》ってその場に座り込んだジュリオを、あわててミケルは支えてやった。生まれてこのかた、父親のように母親のように惜しみなく自分を愛してくれたロレンツォを失い、ジュリオは生きるのが怖くてたまらなかった。

ジュリオはほんのちょっとだけ泣き、涙をこすった。

「ごめん、もう大丈夫《だいじょうぶ》だ」

「ジュリオ、いっしょに下におりよう」

「だめだ。リフィアが下で待ってるんだろう？　行ってやれよ」

「リフィアなら、帰ったよ」

ジュリオは、唖然《あぜん》とした。

「帰った、って？」

「ああ、ついさっき帰った」

「そんな——だって、まだ悲しんでたはずなのに」

ミケルは苦笑した。

「そんなことないさ。おまえやおれよりよほどしっかりしてた。取り乱したようすもなかったしな。とうとう涙も見せなかった。ひとが死ぬのには、慣れてるからって——」

思い切り張り手を頬《ほお》にくらったミケルは、目の前がちかちかした。

（なに？）

怒ったジュリオは、すでに、風のように階段を駆けおりている。

「ミケルのばかやろう！」

ミケルにはわけがわからない。

「なんだよ、いったい」

腹は立ったが、とりあえずあわててあとを追うしかない。

だが、一階まで駆けおりたミケルの前に、突然肥満した男が立ちふさがった。

「ミケル、ちょうど捜していたところだったよ」

ぽちゃぽちゃっとした色白のピエロは、ミケルより三歳年上で、今年二十歳である。

「あの娘、どこにいる？」

と、尋ねた。

ミケルは身構えた。

「誰のことです」

「わかってるだろう？　陰険なサヴォナローラのかわりに父ロレンツォの最期《さいご》を救ってくれた、あの『階段の聖母』のことさ」

う――と、ミケルは言葉に詰まった。

ピエロはミケルの肩を馴《な》れ馴《な》れしく抱いた。

「もう隠すことはないさ。父は死んだんだ。あれは、ロレンツォの隠し子なんだな？　ひそかに愛人から引き取って、どこかの田舎《いなか》で大切に育てていたんだ。そうだろう？　なかなかやるじゃないか父上も。よくもあの年になるまで隠し通したもんだ」

うふふと笑った口元が、ひどくいやらしかった。ミケルは腹が立った。この男、いったい誰に似てこんなに下品で女好きなんだろう。

「違います。そうじゃない」

「いいさ。どっちみち、彼女はメディチ宮に引き取るよ」

まるで、なにかの懸案事項をすでに解決したかのように、新しいメディチ家の当主はご機嫌《きげん》だった。自分の持ち駒《もちごま》が増えたと思ったのだろう。

ミケルは歯がみしながら思った。

(くそ、メディチ家の娘として引き取り、ゆくゆくは政略結婚させる気か？　おれは、お館《やかた》様の命に背いて、とんでもないことをしてしまったんだろうか)

どうにかしてもらいたくても、もう頼りのロレンツォはいない。

跡継ぎピエロは、ひどくご機嫌だった。父親が死んだばかりだというのに。

「だって、父とあんなにもねんごろだった少女に、ずっと田舎《いなか》暮らしをさせておくわけにはいかないいじゃないか。彼女もきっと喜ぶと思うよ。年頃の少女には、華やかな街《フィレンツェ》での暮らしが必要なんだ」

リフィアには必要ない、と、猛然と反論しようとしたミケルに、ピエロは言った。

「君もそう思うだろ？　ねえ、ぼくの芸術家《マエストロ》——？」

ミケルはぞっとした。

フィレンツェや、メディチ家の莫大《ばくだい》な財産といっしょに、この自分もそっくりそのまま、この男に相続されてしまったのだ。

ロレンツォの死が、自分にとってどういう意味をもつのか、ミケルはあらためて気づかされた。新しいパトロンのこのひとことが、しんみりと喪に沈んでいたがるミケルを、手痛く現実に引き戻した。


軽快に走る馬車の中から、リフィアは過ぎ去る景色ばかりをながめていた。あれこれ考え事をしたくない。

うららかな、早春のトスカーナが広がっている。なんて美しい風景だろう。

まだ春浅い丘陵《きゅうりょう》や、霞《かすみ》にかすむ糸杉の林も美しかったが、こぢんまりとした民家が見えると、さらに嬉《うれ》しくなった。軒先に畑道具がおいてある。井戸端に簡単なテーブルと椅《い》子《す》がある。いったいどんな家族があそこでいっしょに食事をしたり、農作物を分けたりするのだろう。そのときどんな話をするんだろう。

リフィアは空想の世界に逃げた。

(やんちゃな少年の乳歯が、抜けそうで抜けない――ならおれが抜いてやろうと、大柄なお父さんが少年を追いかけ、少年は笑いながら干してある洗濯物の下をくぐって、つくろいものをしているお母さんの背中に逃げ込む——足元でにわとりが騒いで——お母さんは坊やを——）

突然、馬車の扉《とびら》が開いた。

走っている馬車の、扉が外から開かれたのだ。それでなくてもびっくりしたリフィアは、自分の正面の席に座りこんできた人物を見て、声をなくした。

ジュリオが、座っている。

馬で馬車を追いかけてきて、止める間も惜しんで馬上からそのまま馬車に乗りこんできたのだ。馬を全力で走らせてきたせいか、それとも怒っているせいか、肩で息をしている。

こちらも声が出ない。

御者があわてて中をのぞきこんだ。何があったのか御者席からはよくわからない。

「ジュリオ様で⁉」

「そうだ。馬車は止めなくていい。そのまま走るんだ」

怖い調子の声に、御者はあわてて顔を引っ込めた。ジュリオは、正面からリフィアを見た。

「なんで、ミケルに泣きつかないんだ」

声が、変わったと思った。もはや天使の透明な声ではない。久しぶりに間近で見るジュリオは、驚くほど大人びていた。体格も、ミケルほどではないが、それでもあのころより一回りは大きく見える。

リフィアは、首を横に振った。

「だってミケルは、生まれ持った才能のことで精一杯だもの。支えてあげるならまだしも、お荷物になって、あのひとの仕事の邪魔はしたくない」

「じゃあ、自分はどうなってもいいのか」

「私なんか――」

「そういう言い方はよせ」

リフィアは負けずに虚勢をはった。

「だって、どんなに泣いたって、なにも変わらないもの。ロレンツォは、帰ってこない――」

するとジュリオはやおらそこにひざまずいて、リフィアの手を取った。触れた手がとっても温かくて、リフィアは手からゆるゆると溶け出していくようだった。手が触れ合っただけで、なんでこんなにほっとするのだろう。

ジュリオはリフィアの手に額を押しあてた。

「リフィア」

「おまえを守りたいんだ。おまえをもっと、楽に生きさせてあげたい」

リフィアはすぐに思い出すことができた。だってあの日、ジュリオに言ったのだ。きっと生きるのが楽になるよね。もし、自分を変えることができたら——たしかに自分はそう言った。リフィアはしっかりと思い出した。

とたんに涙腺《るいせん》がゆるんだので、リフィアはあわてて顔を伏せた。涙を見られたくなくて、リフィアは手で顔を覆《おお》った。

食いしばった歯の間から、嗚咽《おえつ》が漏《も》れた。

「帰りたくないの」

リフィアは、困惑した。

「どうしたらいいんだろう。帰りたくないのよジュリオ。ロレンツォがもう来ない館《やかた》で、ひとりでいるのはいや——」

ジュリオは、リフィアを抱いてやった。こうしてリフィアは、ようやく泣くことができたのだった。みっともないくらい我を忘れて、リフィアはジュリオの胸の中で泣き続けた。

頬《ほお》と頬をよせあうと、まるで母の胎内で見た夢がよみがえるようにジュリオは思った。確かに自分たちは双子として誕生したのだ。母親のおなかの中で、何か月ものあいだ、

きっとこうして、励まし合いながら、生まれでる世界をいっしょに夢見ていたに違いない。

（こんなにも世界が怖いものだなんて、誰も教えてくれなかった）

ジュリオがさらにしっかりと抱きしめてやると、リフィアが細い声で懇願した。

「キスしてジュリオ、あの時みたいに」

「え？」

一瞬、ためらったジュリオは、あの時のようにではなくて、額のまんなかに唇《くちびる》を当ててやった。違う、そうじゃないと、リフィアはもどかしがった。

「いっしょにいたい」

リフィアは涙でくしゃくしゃになった。

「ジュリオといっしょにいたい――ジュリオといると、ほっとする」

ジュリオはますますうろたえ、リフィアはかなしげに涙をあふれさせた。やはり身分が違うせいだと思ったのだろう。ジュリオはたまらずにまた抱きしめてやった。

ミケルになんかまかせられない――と、思った。

リフィアと結ばれたい。

だが、双子の兄妹の自分たちが、恋人として愛し合うことは、神が許さない。

ふと、もうひとりのジュリオが言った。

そんなにも、罪なことだろうか。

(そんなにも、罪なことだろうか)

ジュリオは思った。二人が寄り添うことは、そんなに罪なことだろうか。

(僕さえ黙っていれば、誰も知らないことだ)

いやだめだ、と、もうひとりのジュリオが主張する。

(何も事情を知らないリフィアに、僕が勝手に罪をきせるわけにはいかない)

いや、罪なら、僕ひとりで背負えばいいじゃないか——と、もうひとりのジュリオが食い下がる。

もうじき十四になろうとしていたジュリオは、相反する二つの考えのあいだではげしく震えた。

だが、思いはジュリオの中で、こんなにも強く、こんなにも明らかだった。双子の妹のリフィアが愛《いと》しい。

リフィアと、結ばれたい。

(続く)

あとがき

今回の話は、ロレンツォ・デ・メディチ・イル・マニフィーコに入れ込んで書いてます。

はっきりいって、大好きです。ハルナがルネッサンス時代でもっとも惹《ひ》かれる人物といったら、彼をおいてほかにはいません。資料を読めば読むほど好きになります。（美形の弟ジュリアーノと違って、ルックスは悪いよ——念のため）

イル・マニフィーコという、少年時代についた異名の日本語訳は、通常『豪華王《ごうかおう》』です。

しかし、中田耕治《なかたこうじ》先生も『ルネサンスの肖像《しょうぞう》』（青弓社）でいわれていますが、この『豪華な王さま』は、ちょっと不当な日本語訳だと思います。

私としては、イヴァン・クルーラスが書いた『ロレンツォ豪華王』（河出書房新社）の本文中にあった、『豪気な殿《イル・マニフィーコ》』という訳が気に入ってます。文中にも何回か使わせてもらいました。

『豪気《ごうぎ》』には、すばらしく立派で、そのうえ威勢がよい、という意味があります。（『大辞泉』より）

ロレンツォが、贅沢《ぜいたく》で、派手（豪華）なだけのメディチ家のぼんぼんだと思ったら大間違い。

それに何より、ロレンツォは、『王』ではありませんでした。ローマ教皇《きようこう》ともフランス王とも、外交力と経済力を武器に、対等に渡り合い、フィレンツェ共和国の主導者としてイタリアの命運を一手に握りましたが、生涯無冠をとおしました。死ぬまで、一フィレンツェ市民だったわけです。

そのロレンツォが死に、『祝祭の季節』が終わります。

東洋貿易の玄関口であり、ルネッサンスという大輪の花を花開かせたイタリアが、ヨーロッパの主役の座から、単なる舞台装置へと追い落とされます。

そしてこのイタリアという舞台を踏んだのは、あらたに登場した主役たち——フランス、スペイン、イギリスといった、絶対主義の諸大国でした。

富めるが、軍事力をもたないイタリアを舞台に、彼らが強大な軍事力を競い合い、覇権を争うようになります。

花の都フィレンツェにも、二年後にはフランス王が大軍をひきいて進駐《しんちゆう》します。

そしてこのどさくさにまぎれて、怪僧サヴォナローラがフィレンツェの政権を握ります。

ロレンツォを失ったミケルたちにとっては、これからが正念場です。

一巻の冒頭には、ロレンツォの詩を引用しましたが、ここでは彼が、十七歳の次男ジョヴァンニ枢機卿《すうききよう》に遺言した一節を引用し、我らが『豪気な殿』の、早すぎた死を悼《いた》もうと思います。ロレンツォの人となりがよくわかっていただけるかと思います。

——ジョヴァンニ——悪の巣窟《そうくつ》ともいうべきローマに行ったおまえが、誠実な生活を送ることがどんなに困難か、私にはわかる——連中は、若いおまえの生活を堕落《だらく》させ、連中がすでに堕ち込んでいる墓穴に、おまえをも引きこもうとするだろう。いまの枢機卿たちに徳が欠ける分だけよけいに、おまえは持ちこたえなければならない。

簡素な料理で身を養い、運動をよくしなさい。早起きが肝要だ。健康に良いだけではなく、早起きすれば、一日の仕事をすべて処理できる——そして、前日のうちに、次の日にすべきことすべての段取りを、考えておくことをすすめるよ。

おまえの健康を祈っている——

(『ロレンツォ豪華王』イヴァン・クルーラス著〈河出書房新社〉より意訳して抜粋)

イラストの池上沙京《いけがみさきょう》先生。つたない文をいつも美麗《びれい》に飾っていただきありがとうございます。またどこかいこうね。編集の鈴木ノブさんにも感謝しています。またどこかつれていってください（笑）。

ここからちょっと宣伝。

『お台場ドットコム』というフジテレビ系列の人気サイトにハルナが、二〇〇一年夏、ちょっとした小説を連載する予定です。

小説を盛り上げてくれる画像やサウンドなど、ネットならではの楽しみな企画が強力なスタッフ陣によって、ただいま着々と進行中。読者とのコミュニケーションも、あれこれ考えています。

ＵＲＬは、http://www.o-daiba.com　アクセスすれば、そのまま無料で全部読める予定。みなさんと、ネット上でお会いできれば嬉しいです。

この物語は、基本的にフィクションです。前述の文献以外にも、左記の文献等を参考にさせていただきました。

インノチェンティ捨て児養育院についてくわしく知りたいならこの本。

『捨児たちのルネッサンス——15世紀イタリアの捨児養育院と都市・農村』高橋友子著
名古屋大学出版会
他に、
『物語 イタリアの歴史』藤沢道郎著　中公新書
『ルネサンスの芸術家工房』ブルース・コール　ぺりかん社
『わが友マキアヴェッリ——フィレンツェ存亡』塩野七生　中公文庫
『フィレンツェ』高階秀爾　中公新書

榛名しおり先生、イラストの池上沙京先生への、お便りをお待ちしております。
♡榛名しおり先生へのファンレターのあて先
〒112-8001 東京都文京区音羽2-12-21 講談社 X文庫「榛名しおり先生」係
♡池上沙京先生へのファンレターのあて先
〒112-8001 東京都文京区音羽2-12-21 講談社 X文庫「池上沙京先生」係

N.D.C.913　260p　15cm

棒名しおり（はるな・しおり）
神奈川県平塚市在住。
作品に『マリア』（第3回ホワイトハート大賞佳作受賞）『王女リーズ』『ブロア物語』。『テュロスの聖母』『ミエザの深き眠り』『碧きエーゲの恩寵』『光と影のトラキア』『煌めくヘルメスの下に』『カルタゴの儚き花嫁』『フェニキア紫の伝説』の〝アレクサンドロス伝奇〟シリーズが完結。『マゼンタ色の黄昏 マリア外伝』につづいて、初のルネッサンス長編『薫風のフィレンツェ』をスタートさせました。若きミケランジェロの活躍、ご期待ください!!

講談社X文庫

white heart

禁断《きんだん》のインノチェンティ　薫風《くんぷう》のフィレンツェ

榛名《はるな》しおり

●

2001年8月5日　第1刷発行

定価はカバーに表示してあります。

発行者――野間佐和子
発行所――株式会社 講談社
東京都文京区音羽2-12-21 〒112-8001
電話 編集部 03-5395-3507
販売部 03-5395-3626
業務部 03-5395-3615
本文印刷―豊国印刷株式会社
製本―――株式会社若林製本工場
カバー印刷―双美印刷株式会社
デザイン―山口　馨

ISBN4-06-255564-6　（X文庫）

講談社X文庫ホワイトハート・大好評恋愛&耽美小説シリーズ

終わらない週末 有馬さつき
週末のプライベートレッスンがいつしか…。（絵・藤崎理子）

パーティナイト 終わらない週末 有馬さつき
トオルの美貌に目がくらんだ飯島は思わず!?（絵・藤崎理子）

ダブル・ハネムーン 終わらない週末 有馬さつき
4人一緒で行く真冬のボストン旅行は…!?（絵・藤崎理子）

ビタースウイート 終わらない週末 有馬さつき
念願の同居を始めた飯島とトオルは…!?（絵・藤崎理子）

バニー・ボーイ 終わらない週末 有馬さつき
二人でいられれば、ほかに何もいらない!!（絵・藤崎理子）

フラワー・キッス 終わらない週末 有馬さつき
タカより好きな人なんていないんだよ、僕。（絵・藤崎理子）

ラブ・ネスト 終わらない週末 有馬さつき
その優しさが、時には罪になるんだよ。（絵・藤崎理子）

ベビィフェイス 終わらない週末 有馬さつき
キスだけじゃ、今夜は眠れそうにない。（絵・藤崎理子）

トラブルメーカー 終わらない週末 有馬さつき
タカも欲しかったら、無理強いするの?（絵・藤崎理子）

ウイークポイント 終わらない週末 有馬さつき
必ずあなたから、彼を奪い取ります!（絵・藤崎理子）

プライベート・コール 終わらない週末 有馬さつき
僕に黙って女の人と会うなんて……。（絵・藤崎理子）

ベッド・サバイバル 終わらない週末 有馬さつき
早くタカに会いに行きたいよ。（絵・藤崎理子）

オンリー・ワン 終わらない週末 有馬さつき
トオルがいなけりゃ、OKしてたのか?（絵・藤崎理子）

ドレスアップ・ゲーム 終わらない週末 有馬さつき
男だってことを身体に覚え込ませてあげるよ。（絵・藤崎理子）

シークレット・プロミス 終わらない週末 有馬さつき
そんなことしたら、その気になるよ。（絵・藤崎理子）

ギブ・アンド・テイク 終わらない週末 有馬さつき
なにもないなら、隠す必要はないだろう?（絵・藤崎理子）

ブロークン・チョコレート 終わらない週末 有馬さつき
タカの言葉は信じられない!（絵・藤崎理子）

アポロンの束縛 有馬さつき
〈手〉だけでなく、あなたのすべてがほしい!!（絵・斐火《ひが》サキア）

ミス・キャスト 伊郷ルウ
僕は裸の写真なんか、撮ってほしくない!（絵・桜城やや）

エゴイスト ミス・キャスト 伊郷ルウ
痛みの疼きは、いつしか欲望に……。（絵・桜城やや）

▽……今月の新刊

講談社X文庫ホワイトハート・大好評恋愛&耽美小説シリーズ

隠し撮り ミス・キャスト　伊郷ルウ
身体で支払うって方法もあるんだよ。（絵・桜城やや）

危ない朝 ミス・キャスト　伊郷ルウ
嫌がることはしないって言ったじゃないか！（絵・桜城やや）

誘惑の唇 ミス・キャスト　伊郷ルウ
そんな姿を想像したら、欲しくなるよ。（絵・桜城やや）

熱・帯・夜 ミス・キャスト　伊郷ルウ
君は本当に、真木村が初めての男なのかな？（絵・桜城やや）

灼熱の肌 ミス・キャスト　伊郷ルウ
こんな撮影、僕は聞いていません！（絵・桜城やや）

取材拒否 ミス・キャスト　伊郷ルウ
ロケを終えた和樹を待ち受けていたものは…。（絵・桜城やや）

代理出張 ミス・キャスト　伊郷ルウ
なにもなかったか、確認させてもらうよ。（絵・桜城やや）

罪な香り ミス・キャスト　伊郷ルウ
もう和樹を守りきれないかもしれない……。（絵・桜城やや）

キスが届かない　和泉　桂
料理って、セックスよりも官能的じゃない!?（絵・あじみね朔《さく》生《み》）

キスの温度　和泉　桂
俺が一番、君を美味しく料理できるから…。（絵・あじみね朔生）

キスさえ知らない　和泉　桂
シェフじゃない俺なんか、興味ないんだろ？（絵・あじみね朔生）

キスをもう一度　和泉　桂
あんたならいいんだよ…傷つけられたって。（絵・あじみね朔生）

不器用なキス　和泉　桂
飢えているのは、身体だけじゃないんだ。（絵・あじみね朔生）

キスの予感　和泉　桂
レピシエ再開への道を見いだす千冬は…。（絵・あじみね朔生）

キスの法則　和泉　桂
このキスがあれば、言葉なんて必要ない。（絵・あじみね朔生）

キスの欠片　和泉　桂
雨宮を仁科に奪われた千冬は……。（絵・あじみね朔生）

キスのためらい　和泉　桂
許せないのは、愛しているからだ。（絵・あじみね朔生）

微熱のカタチ　和泉　桂
おまえの飼い主は、俺だけだ。（絵・あじみね朔生）

吐息のジレンマ　和泉　桂
また俺を、しつけ直してくれる？（絵・あじみね朔生）

束縛のルール　和泉　桂
虐《いじ》められるのだって、かまわない。（絵・あじみね朔生）

☆……今月の新刊

講談社X文庫ホワイトハート・大好評恋愛&耽美小説シリーズ

欲張りなブレス　和泉　桂
仁科に内緒でアルバイトを始めた成見だが…。(絵・あじみね朔生)

恋愛クロニクル　和泉　桂
僕が勝ったら、あなたのものにしてください。(絵・あじみね朔生)

☆**約束のキス**　和泉　桂
料理への思いが強くなる佐々木に仁科は…。(絵・あじみね朔生)

職員室でナイショのロマンス 桜沢vs白萌シリーズ　井村仁美
誰もいない職員室で、秘密の関係が始まった。(絵・緋色れーいち)

放課後の悩めるカンケイ 桜沢vs白萌シリーズ　井村仁美
敏明vs玲一郎…待望の学園ロマンス第2弾!!(絵・緋色れーいち)

ベンチマークに恋をして アナリストの憂鬱　井村仁美
青年アナリストが翻弄される恋の動向は…?(絵・如月弘鷹)

恋のリスクは犯せない アナリストの憂鬱　井村仁美
ほかのことなど、考えられなくしてやるよ。(絵・如月弘鷹)

3時から恋をする　井村仁美
入行したての藤芝の苦難がここから始まる。(絵・如月弘鷹)

5時10分から恋のレッスン　井村仁美
あいつにも、そんな声を聞かせるんだな⁉(絵・如月弘鷹)

8時50分・愛の決戦　井村仁美
葵銀行と鳳銀行が突然、合併することに…!(絵・如月弘鷹)

午前0時・愛の囁き　井村仁美
銀行員の苦悩を描く、トラブル・ロマンス!!(絵・如月弘鷹)

110番は甘い鼓動　井村仁美
和ちゃんに刑事なんて、無理じゃないのか?(絵・如月弘鷹)

迷彩迷夢《めいさいめいむ》　柏枝真郷
聖一との思い出の地、金沢で知った〝狂気〟⁉(絵・ひろき真冬)

窓—WINDOW— 硝子の街にて1　柏枝真郷
友情か愛か。ノブとシドニーのNY事件簿!!(絵・茶屋町勝呂)

雪—SNOW— 硝子の街にて2　柏枝真郷
ノブ&シドニーの純情NYシティ事件簿!(絵・茶屋町勝呂)

虹—RAINBOW— 硝子の街にて3　柏枝真郷
ノブ&シドニーのNYシティ事件簿第3弾!!(絵・茶屋町勝呂)

家—BURROW— 硝子の街にて4　柏枝真郷
幸福に見える家族に起こった事件とは…⁉(絵・茶屋町勝呂)

朝—MORROW— 硝子の街にて5　柏枝真郷
その男は、なぜNYで事故に遭ったのか⁉(絵・茶屋町勝呂)

空—HOLLOW— 硝子の街にて6　柏枝真郷
不法滞在の日本人が殺人事件の参考人となり…。(絵・茶屋町勝呂)

燕—SWALLOW— 硝子の街にて7　柏枝真郷
ノブは東京へ。NYへの想いを見つめ直すために。(絵・茶屋町勝呂)

☆……今月の新刊

講談社X文庫ホワイトハート・大好評恋愛&耽美小説シリーズ

星ノ記憶 仙道はるか
北海道を舞台に…芸能界シリーズ急展開!! （絵・沢路きえ）

琥珀色の迷宮《ラビリンス》 仙道はるか
陸と空、二つの恋路に新たな試練が!? （絵・沢路きえ）

シークレット・ダンジョン 仙道はるか
先生……なんで抵抗しないんですか? （絵・沢路きえ）

ネメシスの微笑 仙道はるか
甲斐の前に現れた婚約者に戸惑う空は…。 （絵・沢路きえ）

天翔る鳥のように 仙道はるか
——姉さん、俺にこの人をくれよ。 （絵・沢路きえ）

愚者に捧げる無言歌《ロマンス》 仙道はるか
——俺たちの『永遠』を信じていきたい。 （絵・沢路きえ）

ルナティック・コンチェルト 仙道はるか
大切なのは、いつもおまえだけなんだ! （絵・沢路きえ）

ツイン・シグナル 仙道はるか
双子の兄弟が織り成す切ない恋の駆け引き! （絵・沢路きえ）

ファインダーごしのパラドクス 仙道はるか
俺の本気は、きっと国塚さんより怖いよ。 （絵・沢路きえ）

メフィストフェレスはかくありき 仙道はるか
おまえのすべてを……知りたいんだ。 （絵・沢路きえ）

記憶の海に僕は眠りたい 仙道はるか
ガキのお遊びには、つきあえない。 （絵・沢路きえ）

刹那に月が惑う夜 仙道はるか
もう、俺の顔なんか見たくないのか……。 （絵・沢路きえ）

魔物な僕ら 聖月ノ宮学園秘話 空野さかな
魔性の秘密を抱える少年たちの、愛と性。 （絵・星崎 龍）

学園エトランゼ 聖月ノ宮学園秘話 空野さかな
孤独な宇宙人が恋したのは、過去のない少年!? （絵・星崎 龍）

少年お伽草子 聖月ノ宮学園秘話 空野さかな
聖月ノ宮学園ジャパネスク! 中編小説集!! （絵・星崎 龍）

夢の後ろ姿 月夜の珈琲館
医局を舞台に男たちの熱いドラマが始まる!!

浮気な僕等 月夜の珈琲館
青木の病院に人気モデルが入院してきて…!!

おいしい水 月夜の珈琲館
志乃崎は織田を〈楽園〉に連れていった。

記憶の数 月夜の珈琲館
病院シリーズ番外編を含む傑作短編集!!

危険な恋人 月夜の珈琲館
N大附属病院で不審な事件が起こり始めて…。

☆……今月の新刊

講談社X文庫ホワイトハート・大好評恋愛&耽美小説シリーズ

眠れぬ夜のために　月夜の珈琲館
恭介と青木、二人のあいだに立つ志乃崎は…。

恋のハレルヤ　月夜の珈琲館
愛されたくて、愛したんじゃない…。

黄金の日々　月夜の珈琲館
俺たちは何度でもめぐり会うんだ……。

しあわせ予備軍　月夜の珈琲館
大好評"N大附属病院"シリーズ最新刊!!

☆**青木克巳の夜の診察室**　月夜の珈琲館
青木の長く奇妙な夜間当直が始まった……。

無敵なぼくら　成田空子
優等生の露木に振り回される渉《わたる》は…。（絵・こうじま奈月）

狼だって怖くない　無敵なぼくら　成田空子
俺はまたしてもあいつの罠にはまり——。（絵・こうじま奈月）

勝負はこれから！　無敵なぼくら　成田空子
大好評"無敵なぼくら"シリーズ第3弾！（絵・こうじま奈月）

最強な奴ら　無敵なぼくら　成田空子
ついに渉《わたる》を挟んだバトルが始まった!!（絵・こうじま奈月）

マリア　ブランデンブルクの真珠　榛名しおり
第3回ホワイトハート大賞《恋愛小説部門》佳作受賞作!!（絵・池上明子）

王女リーズ　テューダー朝の青い瞳　榛名しおり
恋が少女を、大英帝国エリザベス一世にした。（絵・池上沙京）

ブロア物語　黄金の海の守護天使　榛名しおり
戦う騎士、愛に生きる淑女。中世の青春が熱い。（絵・池上沙京）

テュロスの聖母　アレクサンドロス伝奇1　榛名しおり
紀元前の地中海に、壮大なドラマが帆をあげる！（絵・池上沙京）

ミエザの深き眠り　アレクサンドロス伝奇2　榛名しおり
辺境マケドニアの王子アレクス、聖母《サラ》に出会う！（絵・池上沙京）

碧きエーゲの恩寵　アレクサンドロス伝奇3　榛名しおり
突然の別離が狂わすサラとハミルの運命は!?（絵・池上沙京）

光と影のトラキア　アレクサンドロス伝奇4　榛名しおり
アレクス、ハミルと出会う——戦乱の予感。（絵・池上沙京）

煌《きら》めくヘルメスの下《もと》に　アレクサンドロス伝奇5　榛名しおり
逆らえない運命……。星の定めのままに。（絵・池上沙京）

カルタゴの儚《はかな》き花嫁　アレクサンドロス伝奇6　榛名しおり
大好評の古代地中海ロマンス、クライマックス!!（絵・池上沙京）

フェニキア紫の伝説　アレクサンドロス伝奇7　榛名しおり
壮大なる地中海歴史ロマン、感動の最終幕！（絵・池上沙京）

マゼンタ色の黄昏《たそがれ》　マリア外伝　榛名しおり
ファン待望の続編、きらびやかに登場！（絵・池上沙京）

☆……今月の新刊

講談社X文庫ホワイトハート・大好評恋愛&耽美小説シリーズ

薫風のフィレンツェ　榛名しおり
ルネサンスの若き天才・ミケルの恋物語！（絵・池上沙京）

☆禁断のインノチェンティ　薫風のフィレンツェ　榛名しおり
愛してはならぬ人——禁じられた恋が燃え上がる！（絵・池上沙京）

いとしのレプリカ　深沢梨絵
沙樹とケンショウのキスシーンに会場は騒然！（絵・真木しょうこ）

KISS&TRUTH　いとしのレプリカ2　深沢梨絵
「レプリカ」結成当時のケンショウと沙樹は…!?（絵・真木しょうこ）

名もなき夜のために　魅惑のトラブルメーカー　牧口　杏
アイドルとギタリストの〝Cool〟ラブロマンス（絵・日下孝秋）

優しい夜のすごし方　魅惑のトラブルメーカー　牧口　杏
昂也たちの新ユニットに卑劣な罠が……!?（絵・日下孝秋）

そっと深く眠れ　魅惑のトラブルメーカー　牧口　杏
新メンバーにいわくつきのドラマーが……!?（絵・日下孝秋）

ジェラシーの花束　魅惑のトラブルメーカー　牧口　杏
昂也とTERRA、桐藤の恋の行方は!?（絵・日下孝秋）

しなやかな翼の誇り　魅惑のトラブルメーカー　牧口　杏
ライブのように熱く愛しあえばいい。（絵・日下孝秋）

まるでプラトニック・ラブ　東京BOYSレヴォリューション　水無月さらら
センセは男とはダメなの？　僕に興味ない？（絵・おおや和美）

ティーンエイジ・ウォーク　東京BOYSレヴォリューション　水無月さらら
オレもおまえも、壊れてみるといいかもな。（絵・おおや和美）

昨日まではラブレス　東京BOYSレヴォリューション　水無月さらら
——正直な身体は、残酷だ。（絵・おおや和美）

☆デイドリームをもう一度　東京BOYSレヴォリューション　水無月さらら
〝東京BOYSレヴォ〟シリーズ最終巻!!（絵・おおや和美）

☆……今月の新刊

講談社X文庫ホワイトハート・FT&NEO伝奇小説シリーズ

満天星降《まんてんにほしのふる》 斎姫異聞　宮乃崎桜子
式神たちの叛乱に困惑する宮に亡者の群れが。（絵・浅見 侑）

暁闇新皇《あかときやみのしんのう》 斎姫異聞　宮乃崎桜子
将門の怨霊復活に、震撼する都に宮たちは⁉（絵・浅見 侑）

燐火鎮魂《りんかたましずめ》 斎姫異聞　宮乃崎桜子
恋多き和泉式部に取り憑いたのは……妖狐⁉（絵・浅見 侑）

諒闇無明《りょうあんむみょう》 斎姫異聞　宮乃崎桜子
内裏の結界を破って、性空上人の霊が現れた。（絵・浅見 侑）

陽炎羽交《かげろうにはねをかわす》 斎姫異聞　宮乃崎桜子
義明に離別を言い渡した宮。その波紋は…⁉（絵・浅見 侑）

花衣花戦《はなのえはないくさ》 斎姫異聞　宮乃崎桜子
中宮彰子懐妊で内心複雑な宮に、新たな敵が！（絵・浅見 侑）

宝珠双璧《ほうじゅにたまをならぶ》 斎姫異聞　宮乃崎桜子
邪神は、〈神の子〉宮を手に入れんとするが⁉（絵・浅見 侑）

天離熾火《あまさかるおきび》 斎姫異聞　宮乃崎桜子
黄泉《よみ》に行けず彷徨《さまよ》う魂。激闘の果てに義明が⁉（絵・浅見 侑）

偽りのリヴァイヴ ゲノムの迷宮　宮乃崎桜子
辺境の星ぼしで武と倭の冒険が始まった！（絵・汞《みずかね》りょう）

月のマトリクス ゲノムの迷宮　宮乃崎桜子
廃墟の都市を甦らせる〃人柱〃に選ばれたのは。（絵・汞《みずかね》りょう）

☆……今月の新刊

第10回
ホワイトハート大賞
募集中!

新しい作家が新しい物語を生み出している
活力あふれるシリーズ
大賞受賞作は
ホワイトハートの一冊として出版します
あなたの作品をお待ちしています

〈賞〉

大賞
賞状ならびに副賞100万円
および、応募原稿出版の際の印税

佳作
賞状ならびに副賞50万円
(賞金は税込みです)

〈選考委員〉
川又千秋
ひかわ玲子
夢枕獏
(アイウエオ順)

左から川又先生、ひかわ先生、夢枕先生

〈応募の方法〉

○資　格　プロ・アマを問いません。
○内　容　ホワイトハートの読者を対象とした小説で、未発表のもの。
○枚　数　400字詰め原稿用紙で250枚以上、300枚以内。たて書きのこと。ワープロ原稿は、20字×20行、無地用紙に印字。
○締め切り　2002年5月31日（当日消印有効）
○発　表　2002年12月25日発売予定のX文庫ホワイトハート1月新刊全冊ほか。
○あて先　〒112-8001　東京都文京区音羽2-12-21　講談社X文庫出版部　ホワイトハート大賞係

○なお、本文とは別に、原稿の1枚めにタイトル、住所、氏名、ペンネーム、年齢、職業（在校名、筆歴など）、電話番号を明記し、2枚め以降に400字詰め原稿用紙で3枚以内のあらすじをつけてください。
　原稿は、かならず、通しのナンバーを入れ、右上をとじるようにお願いいたします。
　また、二作以上応募する場合は、一作ずつ別の封筒に入れてお送りください。
○応募作品は、返却いたしませんので、必要なかたは、コピーをとってからご応募ねがいます。選考についての問い合わせには、応じられません。
○入選作の出版権、映像化権、その他いっさいの権利は、小社が優先権を持ちます。

ホワイトハート最新刊

禁断のインノチェンティ　薫風のフィレンツェ
榛名しおり　●イラスト／池上沙京
愛してはならぬ人――禁じられた恋が燃え上がる！

約束のキス
和泉　桂　●イラスト／あじみね朔生
料理への思いが強くなる佐々木に仁科は……。

風の娘　崑崙秘話
紗々亜璃須　●イラスト／井上ちよ
華林と瑞香の運命は!?　三部作完結編！

FW(フィールドワーカー)猫の棲む島
鷹野祐希　●イラスト／九後奈緒子
祟り？　呪い？　絶海の孤島のオカルトロマン！

青木克巳の夜の診察室
月夜の珈琲館
青木の長く奇妙な夜間当直が始まって…。

クリスタル・ブルーの墓標　私設諜報ゼミナール
星野ケイ　●イラスト／大峰ショウコ
政府からのミッションに挑む新シリーズ!!

デイドリームをもう一度　東京BOYSレヴォリューション
水無月さらら　●イラスト／おおや和美
〝東京BOYSレヴォ〟シリーズ最終巻!!

ホワイトハート・来月の予定(2001年9月刊)

アオヤマ・コレクション　終わらない週末……有馬さつき
誘惑のターゲット・プライス　アナリストの憂鬱…井村仁美
桜の喪失　桜を手折るもの……岡野麻里安
華胥の幽夢　十二国記………小野不由美
官能的なソナチネ…………仙道はるか
幸福な降伏　いとしのレプリカ③…深沢梨絵
※予定の作家、書名は変更になる場合があります。